엄마가 먹었던 음식을 내가 먹네

엄마가 먹었던 음식을 내가 먹네

홍명진 산문집

입말보다는 문장으로 많이 만나게 되는 단어 중의 하나가 '그립다'는 말이다. 그립다는 말은 그만큼 일상적으로 사용되는 용어가 아니기 때문일지도 모른다.

표준국어대사전에는 '1. 보고 싶거나 만나고 싶은 마음이 간절하다 2. 어떤 것이 매우 필요하거나 아쉽다'라고 풀이되어 있다.

내가 자란 경상북도 지역에서는 '그립다'를 '기럽다'라고 한다. 말 그대로 문자보다는 입말로, 일상적으로 흔히 사용하는 말이다. 오랫동안 만나지 못해 보고 싶거나 간절한 마음은 가슴 밑바닥에 가라앉혀 둔 말이라 함부로 뱉지 못했고, 한동안 먹지 못해 입이 당긴다거나, 먹고 싶은 것이 있을 때 흔히 '기럽다'라고 말한다.

학교에서는 표준어를 사용하려고 노력했다. 교과서에서는 '기럽다'는 말은 찾아볼 수 없었으므로, 교단에

선 선생님조차 방언을 사용하지 않았으므로 수업 시간에 행여 잘못을 저지르는 것은 아닌가 싶은 마음에 조심했다. 수업이 파하면 자연스럽게 집에서 쓰는 말로 개굴개굴 왁자지껄 떠들어 댔다. 그래서 '그립다'와 '기럽다'는 영판 다른 말인 줄 알았다. 어머니나 아버지가 가슴속에 묻어 둔 일을 자식들 앞에서 열어 보인 적이 없었기에 음식에다 그립다고 말하는 줄은 감히 생각지도 못했다. 그러니까 어린 나에게 '기럽다'는 표준국어대사전에서 제시한 후자의 의미가 전적으로 작동하고 있었던 셈이다.

나에게 맛난 음식을 손수 해서 먹여 주시던 부모님은 모두 돌아가셨다. 새끼 제비처럼 입을 벌려 그들에게 받아먹었던 모든 것들이 그립다. 10여 년 전 병석에 누워 계시던 어머니가 아버지의 뒤를 이어 돌아가셨을 때 이젠 어머니가 보내주던 밑반찬들을 하나도 맛볼 수 없겠구나 생각했다. 철마다 갈무리해 두었다가 보내주곤 했던 온갖 해산물이며 된장, 고추장 걱정을 하는 내게 여동생은 이런 철딱서니 없는 인간을 봤나, 하는 눈으로 쳐다보았다. 나도 안다. 해서는 안 될 말이라는 걸.

어머니를 잃은 마당에 음식 타령이라니.

돈 주고 사 먹으면 되잖아.

뜸을 들인 후에 여동생이 꽥 소리를 질렀다. 거기다 대고 사 먹는 거랑 엄마 건 다르단 말이야, 하고 말할 수는 없었다.

시간이 지날수록 내 몸에 새겨진, 오감이 기억하는 음식이 그립다. 텔레비전을 켜 놓은 채 집안일을 하다가 내가 어릴 적 쓰던 말소리가 들리면 나도 모르게 자연스레 몸의 기울기가 그쪽으로 기운다. 가 보지 못한 길이나 맛보지 못한 음식에 대한 염원은 생길 수 있을지 모르겠지만, 맛보지 못한 음식에 대한 그리움은 없다. 엄밀히 말하면 그리움이란 대상이 분명히 있을 때 구체적으로 성립되는 과거형이다.

음식을 테마로 한 원고를 제안받았을 때 과연 내 기억 속에 들어 있는 조악한 재료만으로 어떤 음식 이야기를 만들 수 있을까 고민했다. 내가 오래전에 먹었거나 먹어 오고 있는 고향의 음식들, 우리 곁에서 사라진 사어(死語)처럼 다시 먹어 볼 수 없는 음식들, 그럴싸하게 세팅할 수 없는 한 그릇의 일용할 양식일 뿐인 음식들도 있다.

하나의 몸이 경험할 수 있는 음식은 먹어 본 것보다 먹어 보지 못한 음식들이 셀 수 없을 정도로 많을 것이다. 태생지에서 먹어 온 것들은 몸이 기억하고 있어서 오감이 저절로 반응하는 것일지도 모른다.

먹거리의 구매 경계가 사라졌고, 원한다면 얼마든지 손쉽게 구할 수 있는 세상이다. 그래도 '맛'을 찾아서 떠나는 여행은 끝나지 않을 것이다. 사람이 움직이는 동력 자체가 음식일 테니까.

오랫동안 길들여진 풍미와 음식에 대한 고향 이야기이지만 과연 나만 아는 맛을 어떻게 전달해야 할까 염려스럽다. 누구나 알고 있는 그 맛에 그리움만 한 숟갈 보태는 마음이다. 이 책을 엮게 해 주신 도서출판 걷는사람과 음식시학에 깊이 감사드린다.

2020년 12월
홍명진

2부

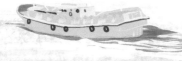

1부

엄마가 먹었던 음식을 내가 먹네

1924년 북제주군 한림에서 태어난 아버지는 서당에서 2년간 교육을 받은 게 전부였다.

서당에 들어간 그해, 천자문을 외는 경연에서 장원을 하고, 천자문을 뗀 기념으로 책거리를 할 때는 볶은 콩 석 되와 차조로 빚은 술과 빙떡을 구덕에 한 짐 지고 서당으로 갔다고 한다.

열다섯 살에는 한림 읍내 활판소에서 인쇄 보조원으로 일했다. 매일 찍어 내는 한글 신문을 만드는 곳이었다.

글자체를 하나씩 일일이 손으로 조합해서 활판을 짜야만 했다. 일본 사람들의 방해로 얼마 가지 못해 활판소가 문을 닫아버리자 통조림 공장에서 일했다고 한다. 제주 4·3 사건의 광풍이 불면서 아버지의 군 입대는 늦어졌다. 무슨 연유였는지 그 이유에 대해서 아버지는 끝내 입을 열지 않았다.

1951년 뒤늦게 입대해 전쟁에 참가한 아버지는 옆구리에 수류탄 파편이 박히는 부상을 입고 경주 야전병원으로 후송되어 치료를 받다가 제대했다. 아직 상처가 남아 있는 몸으로, 제주도로 가는 배를 타기 위해 걸어서 부산까지 갔다고 한다. 그 후 세월이 흘러 1960년대 중반, 쌀을 운반하는 화물선에 살림살이와 처자식들을 싣고 경상북도 영덕군 축산항으로 이주했다.

축산항에는 먼저 와서 자리를 잡은 '기와집 제주 큰할망'이 있었다. 디딤돌을 서너 칸 밟고 올라가야 할 만큼 높은 마루를 가진 본채와 본채 양쪽에 사랑채를 거느린 마당 넓은 집이었다. 기와집 큰할망은 이미 늙어 물질을 하지 않고, 큰할망의 장성한 자식들이 해녀들을 상대로 해산물 장사를 했다. 아버지는 기와집 큰할망네와 인

연이 닿아 제주 해녀들이 축산항으로 이주할 때 그 대열에 합류했다.

해마다 정월 초하루면 기와집 큰할망네로 세배하러 가는 게 우선이었다. 아이들은 어른들이 먼저 세배를 하고 나오길 기다렸다가 차례가 되면 두셋씩 안방으로 들어갔다. 깃털이 달린 오색 털조끼까지 곱게 차려 입고 붉은 보료 위에 앉은 큰할망에게 세배를 드리면 백 원짜리 지전으로 세뱃돈을 주기도 했다. 홍칩이네 딸이로구나. 큰할망은 내 이름 따윈 기억하지 못했지만 제주집 누구네 자식이라는 건 알아보았다. 분명 종속 관계는 아니었는데, 머릿속의 오래된 그림을 들여다보면 기와집 큰할망네를 중심으로 제주집들은 자리를 잡아 갔다.

우리 집은 아버지가 손수 지었다. 고향에서 목수 일을 하기도 했던 아버지는 손재주가 좋았다. 처음엔 방 두 칸에 마루와 부엌, 부엌 옆에 곁채가 딸린 일자집이었다가 본채 왼쪽에 아래채를 짓고 그 사이에 창고를 들이면서 기역자집이 되었다. 부엌 곁채는 오빠가 기거하는 방이었다가 세를 놓았고, 아래채에도 세 사는 사람들이 들락거렸다. 건평에 비해 넓은 텃밭이 딸려 있어서 김장배추며 온갖 채소를 심어 먹었다.

어느 해 여름인가, 아래채에는 항구다방 아가씨들이 잠깐 세 들어 살기도 했다. 그녀들은 대개 밤늦은 시각에 들어와 잠만 자고 나갔다. 부엌이 붙어 있었지만 부엌살림 따위는 없었다. 나는 화장실을 오가며, 슬쩍슬쩍 성긴 발 사이로 환하게 불이 밝혀져 있는 그녀들의 방을 훔쳐보곤 했다.

어디서 왔는지 알 수 없는 그녀들의 살림살이라곤 커다란 여행용 트렁크와 벽에 주렁주렁 걸어 놓은 옷가지들뿐이었다. 천장을 가로지른 빨랫줄엔 알록달록한 브래지어와 팬티, 하늘거리는 란제리들이 장식품처럼 걸려 있었다. 그녀들은 속옷 바람으로 모여 앉아 눈초리가 올라붙도록 머리칼을 한껏 치켜 묶고는 이마와 볼에 크림을 듬뿍 찍어 바르고 오래오래 손으로 문질러 댔다.

항구는 한철 살다 가는 뜨내기 뱃사람들과 타지에서 들어온 사람들로 언제나 북적거렸다. 만선한 배를 따라 갈매기들이 몰려들듯이 바람 많은 제주 섬에서 기름진 토양을 찾아 이곳까지 온 나의 부모님들 역시 그러했으리라.

어느 날 술이 잔뜩 취해 갈지자로 걸어가던 아버지가

어린 내게 물었다. 아버지가 어떻게 제주도에서 여기까지 왔는지 아느냐고. 나는 입을 꾹 다문 채 한 발 떨어져 아버지를 따라가고 있었다.

벼랑 끝에 몰린 쥐들이 바다로 뛰어들었지. 맨 앞에 놈 꼬리를 물고 뒤에 놈이 풍덩.

아버지가 출렁거리는 목소리로 말했다.

또 그 뒤에 놈이 앞에 놈 꼬리를 물고 풍덩……

아버지는 풍덩풍덩 풍덩 리듬까지 붙여 노래를 불렀다. 아버지답지 않게 키들키들 웃으며. 그럼 아버지가 쥐의 변신이란 말인가? 아버지 지금 장난해요, 소리를 지르려는데 아버지가 전봇대에 쿵 하고 머리를 부딪치며 길바닥에 주저앉았다. 술 먹고 엎어지는 아버지를 본 게 한두 번이 아닌데 그땐 웃음이 터져 참을 수가 없었다.

지금도 가끔, 오래전에 떠나온 그곳을 떠올리곤 한다. 먼 바다를 향해 우뚝 솟은 쌍등대, 바다에 발을 담근 대나무 울울창창한 죽도산, 신작로에 있던 면사무소 출장소와 사진관, 교회, 학교와 극장, 배들이 빼곡하게 정박해 있던 부두와 고만고만한 상점들이 밀집한 부두 앞 로터리, 마을을 빙 둘러친 경계 철조망과 위장막을 두르고 있던 군데군데의 초소들. 수많은 집들과 골목들과 사람들의 얼굴, 목소리와 바람 소리……. 나를 먹이고 길렀던 시간들의 페이지가 넘어간다.

영화 세트장 같은 이미지들이 눈을 감고서도 한 장의 도화지에 다 담을 수 있을 만큼 또렷하다. 그 이미지를 따라가다 보면 마음이 편안해지기도 하고 한편 심란해지기도 한다. 간절히 떠나고 싶었던 마음만큼 쌓이는 게 그리움일 테니까.

대게

김승옥의 유명한 단편소설 「무진기행」에서 무진의 명물은 '안개'라고 말한다. 인구 오륙만 명의 조그만 항구도시가 소설의 배경이다. 이것도 저것도 특별히 내세울 것 없는 항구도시의 명물이 안개라니 놀랍지 않은가. 삶의 무의미함을 간파해 내는 주인공의 시선 때문인지, 안개를 명물이라고 명명한 문장 때문이었는지 「무진기행」을 처음 읽었을 때 아, 하고 감탄했던 기억이 난다.

영덕은 우리나라 사람이면 누구나 알고 있는 대게의

집산지이다. '영덕' 하면 '대게'라는 말이 자동으로 튀어나올 정도로 대게는 영덕의 트레이드마크다. 그만큼 독보적인 명성을 가졌다는 건 자랑스러운 일이다.

영덕군은 7호선 국도가 관통하는 전형적인 반농반어지역이다. 도로원표상 부산에서 출발하는 7호선 국도는 경상북도를 거쳐 강원도까지 이어지는 우리나라의 대표적인 오션블루로드로도 유명하다.

7호선 국도에서 벗어나 강구(江口)면의 강구대교를 건너면 강구항 앞에 자리한 대게거리가 본격적으로 시작된다. 강구는 지품면에서 발원한 오십천이 영덕 읍내를 관통해 강구 앞바다와 합수되는 강의 입구라고 해서 지어진 이름이다. 강구대교가 건설되기 전에는 강을 가로지르는 강구다리 하나뿐이었다.

일제강점기에 건설된 강구다리는 강구항과 강구 읍내를 연결하는 일방통행로로 약 400미터 정도의 짧은 다리다. 차선도 없는 그 다리로 차들도 사람들도 리어카도 오갔다. 대게시장이 활성화되고 관광객들이 몰리면서 건설된 강구대교 입구에는 대형 범선과 대게 조형물이 세워졌다. 강구대교와 나란한 오래된 강구다리는 보수를 거쳐 지금도 건재하다.

10여 년 전 겨울, 지인들과 축산항 본가에 다녀온 적이 있다. 서울에서 점심을 먹고 출발하여 다섯 시간을 달린 끝에 어두워져서야 영덕군에 들어섰다. 7호선 국도를 타고 내륙을 질러 축산항으로 들어가는 길도 있지만 강축도로를 달려 보고 싶었다. 강구대교를 건너 대게거리를 지나 축산항까지 이어지는 30여 킬로미터의 해안선을 끼고 달리는 지방도로가 강축도로이다.

운전대를 잡은 선배는 초행길이라 길안내는 운전자 옆자리에 앉은 내 몫이었다. 강축도로는 '푸른 바다 가는 길'이라는 닉네임을 가지면서 오션블루로드 중 '한국의 가장 아름다운 길 100선'에도 뽑힌 길이다. 처음부터 끝까지 바다와 바싹 붙어 간다.

풍광이 정말 끝내줘요. 동해안의 숨은 비경을 볼 수 있을 거예요.

나는 짐짓 흥이 올라 종알거렸다.

그런데 아뿔싸! 찬바람 쌩쌩 부는 한겨울 밤의 해안도로라니. 먼 바다에 어선 불빛 하나 보이지 않고 유리창에 들러붙는 건 번들거리는 검은 수면뿐이었다. 거친 파도 소리와 바람 소리뿐인 바닷길을 30분 남짓 달리는 동안 일행들의 원성을 다 받아 내야 했다. 운전자는 구불거리는 길이 험하다고 바짝 긴장했고 뒷자리에 앉은 이들은 대체 어디가 바다고 어디가 하늘이냐고 아우성이었다. 게다가 혹한의 날씨에 창문을 열 수 없어 바다 냄새조차 맡을 수 없었다.

험난하던 굽이굽이 고갯길이 전체적으로 순하게 낮아지고 포장도 말끔하게 되었지만 예전의 강축도로는 악명 높은 험로였다. 망망대해를 바라보며 이어지는 소하리, 창포리, 대탄리, 오보리, 석동리, 오메, 뱃불, 차유 마을을 거쳐 축산항까지 달리는 버스는 흡사 롤러코스터를 타듯 요동질을 쳤다. 울퉁불퉁한 돌길을 달리는 버스는 엉덩이가 아파 오래 앉아 있을 수도 없었다. 앞좌석의 등받이를 꽉 잡은 손을 놓치기라도 하면 내리막길에서 곤두박질쳐 운전석까지 공처럼 굴러갈 수도 있었다. 고무패킹이 헐거운 창문은 미친 듯이 덜컹거리고, 벼랑이 바로 코앞으로 따라붙으며 시퍼런 바닷물이 출렁거렸다.

영덕읍에 있는 고등학교에 다니며 자취 생활을 했던 내가 강축버스를 타려면 부러 강구까지 가서 하루에 몇 번 다니지도 않는 버스 시간을 맞춰야 했다. 애꿎은 수고를 하면서까지 강축버스를 탈 땐 그만한 이유가 있었다. 심란한 고민거리가 있을 때나, 친구를 따라 타거나.

그 시절의 추억담으로 일행들의 불만을 달래며 날 밝으면 다시 일대를 돌자고, 대게도 먹자고 안심시켰다. 경정리에서 축산항으로 넘어가는 다불재에 올라서자 멀리 오목하게 모여서 반짝거리는 항구의 불빛들이 보였다. 축산항은 동해안 외각도로에 톡 튀어나오듯이 찍힌 점 하나에 불과한 작은 어촌이지만, 나의 유년기와 청소년기의 방점은 그 하나의 점에 모여 있다.「무진기행」의 '무진'처럼 밤안개에 휩싸여 점점이 다가오던 항구의 불빛들.

대게는 겨울이 제철이다. 금어기 규정이 생기기 전에는 알 밴 게나 어린 게도 그물에 걸리는 것들은 모두 건져 올렸다. 크기가 좋고 다리가 온전히 붙어 있는 상품(上品)들은 궤짝에 담겨 도시로 나갔다. 어부의 가족이 먹을 수 있는 건 다리가 달아나거나 잘아서 상품 가치가 떨어지는 것들이었다.

아버지가 대게잡이 배를 탄 날이면 집에서 대게 찌는 냄새가 솔솔 풍겼다. 어머니는 큰솥에 얼기설기 엮은 대나무 너스레를 깔고 대게를 한 솥 쪘다. 식구들이 둘러앉아 밥상 옆에 놓인 대소쿠리에서 대게를 까먹기도 하고, 골목으로 들고 나가 다리를 하나씩 떼어 쪽쪽 빨며 돌아다니기도 했다. 게딱지 내장에 밥을 비벼 먹는 반찬보다 군것질거리의 대용이었던 셈이다.

동해안에서 자라는 동안 한 번도 맛보지 못했던 꽃게 대신 대게, 홍게, 털게까지 흔하게 먹고 자랐다. 내가 접해 보지 못한 꽃게는 상경하고 나서도 몇 년이나 지난 뒤에 꽃게로 장을 담근 간장게장이나 무침이 유명하다는 걸 알았다. 꽃게만 제일로 알고 지냈던 충청도 시댁 어른들도 내 덕에 대게 맛을 처음 보았다고 한다.

대게뿐만이 아니라 홍게, 털게도 쪄서 먹는 음식이다. 홍게나 털게는 대게보다 상품 가치가 떨어져서 제대로 된 취급을 받지 못했고 야물지 못한 홍게는 그냥 바다에 던져버리기도 했다. 대나무처럼 곧게 쭉 뻗은 단단한 다리 때문에 대게라는 이름이 붙었다지만 홍게 역시 대게와 생김새도 게 특유의 담백한 맛도 똑같다. 전체적으로 투명한 갈색인 대게와 달리 플라밍고의 길고 가는 붉은 다리를 연상케 할 정도로 온통 붉은색이라 말 그대로 홍게로 불린다.

어릴 적엔 아쉬움 없이 철마다 먹어 왔던 대게를 맛보기란 쉽지 않다. 가격도 가격이지만 그만큼 어획량도

감소했다. 어족이 풍성할 때 씨를 말린 대가이기도 하겠지만, 해양 환경의 변화도 한몫을 하는 것이리라.

10여 년 전 일행들을 끌고 내려갔을 땐 상품 가치가 좀 떨어지긴 하지만 조업하고 들어온 배에서 값싸게 사다가 실컷 쪄 먹었다. 근사한 대게전문점에서 푸짐하게 차린 식단은 아니었지만 어릴 적 먹던 그 맛, 그대로였다.

축산항에도 대게전문점이 있지만 강구항 근처에 대게전문점이 집약적으로 몰려 있다. 7호선 국도에서 접근성이 좋아 대게 배들이 강구항으로 몰리면서 큰 시장을 형성했다. 대게 철이 되면 주차 공간이 모자랄 정도로 천지사방에서 대게를 찾아온 사람들로 붐빈다. 가게 앞에 설치해 놓은 찜기에서 대게 익는 냄새가 솔솔 풍긴다. 강구 대게거리에서 대게전문점을 하고 있는 고향 친구는 예전처럼 장사가 잘되는 건 아니라며 볼 부은 소리를 한다.

음식에 관한 한 내가 원조라고 아우성치는 간판들을 쉽게 볼 수 있다. 원조 대게마을이라는 표지석은 강구항과 축산항 사이 경정2리인 차유 마을에 세워져 있다. 동해 앞바다 수십 마일 해역까지 나가 대게잡이를 하는 어선들은 동해안 곳곳의 항구에도 있다. 영덕 해역에서 잡히는 대게가 아닌데도 대도시의 간판들이 '영덕대게'라는 이름을 달고 있는 걸 보면 영덕의 명물 값으론 충분하지 않은가.

노가리

아버지는 뱃사람이었다. 금영호, 영광호, 풍년호……. 짧게는 서너 달씩, 선주와 마음이 맞을 땐 일이 넌씩 이 배 저 배 옮겨 다녔다. 월급 생활자라곤 빤한 직업군밖에 없는 고장이어서 구멍가게나 장사를 하지 않는 이상 남자들은 뱃일이 아니면 딱히 벌이가 없기도 했다.

축산항 부두는 호리병의 주둥이처럼 옴폭 파여 들어온 천혜의 지리적인 조건을 갖추었다. 일제강점기 때부터 전기가 들어왔고, 부둣가 한쪽엔 대형 유조 탱크가 설치되어 있었다. 인근 해안 마을의 배들은 기름을 넣으러 축산항으로 들어왔고, 태풍이 오면 선박들이 몰려들던 피항지이기도 했다. 짓궂은 사내애들은 핀처럼 박힌 가느다란 철제 사다리를 타고 유조 탱크 위에 몰래 올라갔다가 끌려 내려오는 일도 심심찮게 있었다.

여름이면 조업을 나가는 배들이나 위판장 상인들이 얼음을 사느라 위판장 한쪽 끝에 자리 잡은 얼음공장 앞으로 모여들었다. 거대한 깔때기를 통해 얼음이 쏟아질 때 옆으로 새는 얼음을 줍느라 아이들은 양동이를 하나씩 들고 얼음공장으로 달려가곤 했다.

축산항은 축산면의 일개 리(里)에 불과했지만 인근 마을 중에 인구가 가장 많았다. 1944년에 개교한 축산항초등학교는 내가 졸업하던 무렵에는 전교생이 800여 명에 육박했다. 개교 당시 2층짜리 교사(校舍) 하나로 시작해 본 건물 뒤쪽에 신축 건물을 지어 학급 수를 늘렸다. 울릉도에서 전학 온 친구들이 심심찮게 있을 정도로 축산항이 호황을 누리던 시절이었다. 그게 벌써 40여 년 전의 일이라니. 전교생과 교직원 모두를 합해 봐야 채 50명도 안 되는 현재의 상황과 비교해 보면 세월의 무색함을 실감하게 된다.

아버지는 배를 모는 기관장이기도 했다가 선장이기도 했다가 그마저도 안 될 땐 그저 뱃사람으로 배를 탔다. 주로 고대구리 어선이었다. 일제강점기를 거쳐 온 윗세대의 생활용어에는 일본식 언어가 수두룩하다. 후릿그물로 밑바닥을 긁는 방식으로 조업하는 저인망어선인 고대구리라는 말도 일본 말이다.

축산항이 호황을 누리던 시절에는 모든 어종들의 어획량이 많았지만 특히 노가리가 대풍이었다. 온 동네 발에 밟히는 게 노가리였다. 축산항의 주요 어종이 노가리라고 해도 과언이 아닐 정도로 노가리로 먹고사는 사람들이 많았다. 초등학교 운동회 때 응원가에도 노가리가 등장했다.

청군 이겨라, 백군 이겨라, 고추장 먹고 힘내라, 노가리 먹고 힘내라.

청군이나 백군이나 노가리 먹고 힘내라는 구절은 악을 써 가며 소리를 질러 댔다.

2년 후배인 여동생은 운동회 때마다 이 노래를 하도 불러서 아직도 귓가에 쟁쟁하다고 말한다.

명태가 되기 전 노가리 자체로서의 상품 가치도 높았다. 노가리는 찬바람이 불기 시작하면 어획고가 올랐다.

설을 전후해 대량으로 잡혔다. 판자때기로 만든 생선 궤짝에 담긴 노가리 하역 작업을 할 땐 떨어지는 생선을 줍는 사람들도 있었다. 양동이를 들고 다니거나 아예 리어카를 배 코앞에 대 놓고 주워 담기도 했다. 떨어지는 생선을 줍는 걸 두고 뭐라 할 만큼 부두 인심은 야박하지 않았다. 하역 작업을 하던 선원들은 부러 한 삽씩 퍼 담아 주기도 했다.

입찰을 마친 노가리가 업주를 만나면 그때부터 여자들의 부두 노동이 시작된다. 업주는 노가리 배를 따거나 대가리를 끊는 일을 해 줄 사람을 찾아야 한다. 그런 일을 하려고 부두에 나와서 기다리는 일꾼들을 선점하려는 쟁탈전이 벌어지기도 했다. 욕심이 많은 일꾼들은 일감이 적은 집의 일을 맡으려고 하지 않고, 욕심껏 일을 받으려고 물량이 많은 쪽에 몰렸다.

한겨울 부둣가는 찬바람이 휘몰아친다. 주머니에 손을 찌른 채 몸을 웅크리고 있어도 추운데 물기에 젖은 생선을 만져야 하는 작업이라니. 바닥엔 살얼음이 얼고, 무더기로 쌓아 놓은 노가리도 버석거리는 소리가 난다. 깡통난로에 나무토막으로 불을 피우고 목장갑 낀 손을 불에 쬐어 가며 작업하는 일은 고되지만 하루하루 부둣가에서 날일을 하며 살아가는 사람들에겐 그만한 일거리가 없다. 밤늦게까지 전깃불을 끌어다 놓고 희미한 불빛 아래서 아이들도 일손을 돕는다. 설 대목만 대목이 아니라 돈벌이도 대목을 놓칠 수 없기 때문이다.

우리 집과 담을 맞대고 있는 곽씨네는 동네에서 가장 크게 건어물 유통업을 했다. 딸만 다섯인 그 집과 우리 집은 동창이 셋이었다. 하지만 그들의 부모는 우리 부모보다 훨씬 젊었다. 그 집 맏딸이 작은언니와 동갑이었으니까.

곽씨네는 창고 앞마당에서 학교 담장이 쳐진 곳까지 남아 있던 넓은 공터를 학교 뒤쪽 공동묘지가 있는 데까지 싹 밀어버리고 수백 평의 덕장을 만들었다. 오징어를 건조할 때는 줄을 멜 장대를 일일이 박아 만든 덕장에 오징어가 만국기처럼 걸려 있었고, 대가리를 끊어 조미한 노가리나 쥐치포는 나무로 틀을 짜서 그물을 멘 발을 이용해 건조했다. 일정한 간격으로 줄을 맞춰 세워 놓은 발 사이사이 사람이 지나다닐 수 있는 통로는 바람의 길이기도 했다.

겨울방학이면 나와 여동생은 곽씨네 덕장에서 짬짬

이 노가리 걷는 일을 했다. 노가리가 널린 발을 확보하는 게 우선이었다. 겨울방학 한철, 용돈벌이를 하려는 동네 아이들이 너도나도 덤벼들었다. 친구 찬스 같은 건 없다. 부끄러움도 없다. 일할 수 있으면 왁자지껄 떠들면서 할 수 있는 만큼 하는 거다. 여동생과 덕장에서 발을 마주 잡고 창고 앞마당으로 옮겨 놓아야 한다. 높이 쌓을 수 있는 만큼 쌓고 옆으로도 계속 쌓아 놓는다. 그래야만 노가리를 많이 털 수 있고, 발의 수로 계산해서 수고비를 받을 수 있기 때문이다.

노가리를 발에서 떼는 데는 양은 냄비 뚜껑만 한 게 없다. 냄비 뚜껑으로 위에서부터 아래로 확 긁어내리면 말라붙었던 노가리들이 우수수 떨어진다. 그걸 커다란 부대자루에 담는 것까지가 아이들이 할 수 있는 일이었다. 노가리를 긁은 품삯으로 연예인 그림이 들어간 책받침이나 샤프펜슬도 사고 군것질도 했다.

마른 노가리는 쪄서 고추장에 콕 찍어 먹어도 맛있다. 여동생과 나의 도시락 반찬은 거의 노가리 조림이었다. 오죽 지긋지긋하게 먹었으면 노가리 먹고 힘내라고 응원가를 불렀을까. 그래도 지금은 그 노가리 맛이 그립다.

아버지가 돌아가시기 전 본가에 내려가 보름 정도 아
버지 병수발을 했다. 그때 문득 어머니가 어릴 때는 네가
아버지와 제일 잘 지냈다고 말했다.

내가?

되묻고 나서 찬찬히 생각해 보니 그랬다. 발치에서 잠
을 자다가 새벽녘이면 아버지 품으로 기어들곤 했다. 식
구들은 많고 방은 두 개밖에 없을 때, 안방에서 여동생과
내가 부모님 사이에서 함께 잤다. 막내인 여동생은 어머

니 옆에서 자고, 나는 발치로 내려가서 잤다. 잠은 거꾸로 자는 게 아니라고 어머니가 야단을 쳐도 그래야 잠이 왔다. 어린 게 잠이 없어 불을 끄고 난 뒤에도 이불 속에서 눈을 말똥말똥 뜨고 있다가 두더지처럼 발치로 기어 내려가곤 했다. 그 버릇은 큰언니가 집을 떠나고 작은언니 혼자 쓰던 건넌방을 함께 쓰면서 없어졌다.

초등학교에 들어가서는 작은언니와 나란히 누워 천장에 발린 신문지에서 글자 찾기 놀이를 하곤 했다. 윤복희가 선전하던 뉴 후리덤, 세계대백과사전, 농심 새우깡, 삼양라면, 삼천리표 자전거…… 주로 광고 옆에 붙은 커다란 활자의 단어들이었다. 세로쓰기로 된 잔글씨는 멀어서 보이지 않았다. 작은언니가 단어를 말하면 그것들이 어디에 있는지 찾아서 손가락으로 가리키거나 찾았다고 말해도 작은언니가 잡아떼면 벌떡 일어나 천장을 향해 콩콩 뛰었다.

내 기억에 오류가 있는지는 모르겠지만 윤복희라는 이름을 처음 본 건 신문 도배지에서였다. 집에 텔레비전이 없던 시절, 윤복희를 봤을 리가 없었다. '뉴 후리덤'이 무엇에 쓰는 물건인지도 몰랐다. 〈수사반장〉에 남 형사역으로 출연했던 남성훈이 멋진 승마복을 입고 말고삐를 잡은 채 말 위에 앉아 찍은 광고도 또렷이 기억난다. 남성용 화장품 광고였는데 화장품은 생각나지 않는다.

작은언니는 초등학교 고학년이 되면서 심부름하기를 부끄러워했다. 막내인 여동생은 어려서 심부름을 시키기 어쭙잖고 만만한 게 중간에 낀 나였다. 아버지가 또 어디서 술 자시고 있나 보다 가서 모시고 와라, 어머니는 내 이름을 닳도록 불러 댔고, 아버지는 술을 받아오라고 내 이름을 닳도록 불러 댔다.

만만한 내가 제일 싫어했던 심부름이 아버지를 찾으러 가는 일이었다. 조업이 끝나고 하역 작업을 마치고 나면 선원들은 부둣가 술집에 들어앉아 피로를 푼다. 들고 나간 군용 항고는 옆구리에 찬 채 술을 마시다가 빠뜨리기도 해서 다시 술집으로 가서 찾아올 때도 있었다.

아버지가 뱃일을 나갈 때마다 늘 들고 다녔던 녹색 군용 항고는 칠이 벗겨져 희끗희끗했다. 군인들이 사용하던 용품이 민간인들 생활용품으로도 사용되었다. 시장에 가면 요즘 말로 밀리터리룩이라는 군인용 옷들과 용기들을 살 수 있었다. 속이 깊은 군용 항고는 뜨거운 물을 부어 밥을 말아먹을 수도 있고, 불 위에 올려놓고 국수나

라면을 끓여 먹을 수도 있는 전천후 용기였다.

아버지는 군용 항고에 밥을 가득 눌러 담고 반찬통엔 고추장이나 된장만 담아 갔다. 선상에서 즉석으로 해먹을 수 있는 생선회나 찌개의 양념만 챙긴 셈이다. 도시락보다 더 소중히 챙겼던 건 됫병들이 소주였다.

조업을 나갔다 들어오는 아버지의 군용 항고에는 식구들이 끼니때 당장 먹을 싱싱한 횟감이 들어 있었다.

새끼 상어는 아버지가 가장 좋아하는 횟감이었다. 껍질이 사포처럼 꺼끌꺼끌하고 징그럽게 생기긴 했지만 쉽게 볼 수 있는 어종은 아니었다. 어쩌다 한번 걸리는 물고기, 뱃사람들이 먹을 수 있는 아버지만의 별미 횟감이었다.

횟감 손질은 늘 아버지의 몫이었다. 아버지는 장화도 벗지 않은 채 수돗가에 다리를 쩍 벌리고 앉아 숫돌에 칼을 갈았다. 하도 숫돌에 갈아 대서 닳은 회칼은 칼날 끄트머리가 얇게 벼려졌고, 무명천으로 친친 감아 둔 회칼의 손잡이는 거멓게 변해 있었다.

새끼 상어를 다루는 아버지 곁에 쪼그리고 앉아 회 뜨는 걸 빤히 쳐다보고 있으면 껍질이 벗겨진 채 꼬리가 꿈틀거리는 물고기가 횟감 같아 보이지 않았다. 꼬리지 느러미를 흔들며 깊은 바닷속을 유영했을 상상만으로도 뭔가가 스치고 지나가듯 짜릿한 전율이 올라왔다.

그래도 아버지 옆을 떠나지 못하는 건 펌프를 저어라, 바가지 가져와라…… 잔심부름이 내 몫이었기 때문이다.

아버지는 뽀얀 속살이 드러난 새끼 상어의 몸통을 잘게 저미듯이 썰었다. 아직 여물지 않은 연골은 칼등으로 두드려 씹기 좋게 쪼았다.

내 기억 속의 새끼 상어회는 붕장어의 맛이다. 새끼 상어의 크기도 대자 정도의 붕장어 크기다. 식초나 고추장을 과하게 넣지 않고 생선 본연의 맛을 더 즐겼던 아버지의 회는 결코 비리지 않았다. 살아 펄떡거리는 모든 생물은 신선함 그 자체로 고유의 담백한 맛을 지닌다.

횟감이 밥상에 오르면 아버지는 어김없이 반주를 곁들였다. 술을 마시기 위한 방편인지도 몰랐다. 하긴 밥상에 술이 빠진 적이 없었으니까. 아버지가 배를 타는 내내 회나 생선 반찬이 오르지 않은 날이 없었다. 허구한 날 생선회나 생선찜, 생선조림, 생선탕에 허구한 날 술이었던 아버지. 지금은 어느 개인 박물관에나 걸려 있을 법한 군용 항고.

＊
물회

몇 년 전, 포항시 북구 해변 가까운 곳에 방을 얻어 몇 달 머문 적이 있다. 축산과 그리 멀지 않은 거리였지만 그 땐 축산 쪽으론 발길을 하지 않았다. 부모님이 돌아가신 지 오래고 아무도 남아 있지 않은 그곳에 탐방객처럼 다녀오는 게 싫어서였다.

내가 머물던 집의 바로 코앞에 있는 해변으로 산책을 다니거나 바다가 환히 보이는 카페에 앉아 커피를 마시면서 축산 바다를 떠올리곤 했다. 가끔씩은 죽도시장에 나가 장을 봤다. 죽도시장의 어물전은 볼 게 많았다. 온 갖 바다 생물들이 전시되고, 즉석에서 손질한 횟감이 고속버스 택배로 전국 곳곳에 팔려 나가기도 하는 곳이다.

포항을 대표하는 음식 중의 하나가 물회다. 광어니 도미니 하는 번듯한 이름을 가진 굵은 횟감보다는 자디잔 생선들이 물횟감으로 동원된다. 포항뿐만 아니라 동해안 어디에나 크게 내건 '물회' 간판을 흔하게 볼 수 있다. 한 끼 식사로 소면이나 밥을 말아먹으면 그 맛 또한 일품이다.

충무김밥이 뱃사람들이 먹던 데서 유래했다는 통설이 있듯 물회도 뱃사람들의 음식이었다. 아버지가 군용 항고에 별다른 찬 없이 고추장이나 된장을 싸 가지고 다녔듯이 조업 중엔 선상에서 회를 쳐 장에 무쳐 먹거나 물을 부어 먹었다. 조업으로 바쁜 틈에 식사를 빨리 해치워야 하기도 했겠지만 물을 탄 회는 훌훌 목 넘김도 그만큼 좋았을 것이다.

우리 집 밥상에 올랐던 횟감은 거의 잡어였다. 잡어는 달리 잡어가 아니다. 일테면 노가리 조업을 나간 그물에 걸려 들어오는 다른 어종들은 잡어로 취급된다. 어종마다 제각각 자기 사는 무리를 따라 움직이지만 무리를 이탈한 어종이 왜 없겠는가. 제 놀던 곳을 떠난 운 없는 고기가 그물을 피해 갈 수 없다면 말이다.

주요 품목으로 잡은 고기는 위판장에서 판매하고, 남은 잡어들은 뱃사람들이 나누어 간다. 그 양이 많지 않을 땐 양동이에 들고 올 수 있지만 양이 많을 때는 뱃사람의 가족들이 리어카를 끌고 고기를 받으러 부두로 나간다.

아버지가 배를 타던 그 시절에는 내륙지역에서 바닷가 동네로 물물교환을 다니던 장사치들이 꽤 있었다. 우리 골목에 단골로 다니던 아주머니는 커다란 보따리에 마늘이니 마른 고추, 곶감 따위를 이고 왔다. 집집을 돌며 마른 생선과 바꿔 내륙지역에서 되팔았다. 건어물과 농산물의 거래가 어떤 가치 기준으로 이루어지는지는 모르지만 어른들만의 셈법이 있었다. 아주머니는 가끔 꿀밤을 커다란 함지에 이고 들어와 동네를 돌기도 했다. 도토리가루를 반죽해 주먹밥처럼 뭉쳐서 찐 것으로 '도토리꿀밤'이 정식 명칭쯤 되겠다. 꿀밤은 군입거리여서 어머니 몰래 덕장에 널린 건어물을 거둬 바꿔 먹기도 했다.

말린 노가리나 물가자미는 보따리장수들에게 인기가 좋았다. 물가자미는 참가자미보다 크기도 작고 몸통도

얇고 연해서 회로도 먹을 수 있다. 그뿐만 아니라 말린 것은 찜이나 전을 부치기에도 좋았다. 밥을 뜸 들이는 가마솥에 호박잎을 깔고 가자미를 얹어 쪄 내면 노릿한 게 쫀득쫀득하고, 씨알이 작은 것들은 뼈째 먹기에도 좋았다.

생선전을 부칠 때는 생선을 애벌로 찌고, 옷을 입힐 밀가루에는 치자 물을 섞어 색을 냈다. 잔치 음식을 만들거나 명절날 먹을 전에는 특히나 치자 물을 빠뜨리지 않았는데 치자색이 나는 식용 색소를 사용하기도 했다. 허연 밀가루로 옷을 입히는 것보단 노란 치자색을 들인 것이 입맛을 자극했다. 보기 좋은 떡이 먹기에도 좋다는 말도 있잖은가.

옛날 먹던 맛이 그리워 영덕의 생선찜 전문점에 주문해서 몇 번 먹어 봤다. 노가리와 가자미찜이 인기 상품이었는데 조미료 맛이 강한 게 흠이었다. 예전에는 생선찜에 조미를 하지 않고 생선 본연의 맛으로 먹었다. 따로 쪄내지 않고 밥을 할 때 먹을 양만큼만 쪄 냈던 것도 생선이 일상적으로 먹을 수 있게 가까이 있어서 가능했다.

여름에는 뭐니 뭐니 해도 물회가 최고였다. 갓 잡아온 싱싱한 횟감은 씹기 좋게 잘게 썰고, 텃밭에서 딴 풋고추와 오이, 깻잎을 채 썰어 고명으로 얹는다. 거기다 매콤 새콤한 초고추장으로 비빈 뒤에 펌프질로 퍼 올린 시원한 물을 부으면 끝. 조리법은 간단했다.

물회에 약 오른 풋고추를 넣는 건 아버지 입맛이었다. 풋고추가 빠지면 싱거워서 못 먹는다고 아버지가 말씀하셨지만, 잘못하다간 사레가 들려 곤욕을 치를 수 있다.

나는 풋고추 빼 줘.

물회를 비비기 직전에 손사래를 치면서도 시원한 물회는 어른 못지않게 즐길 줄 알았다. 회에 물을 타지 않더라도 요즘 식당에서 나오는 상차림처럼 화려한 데커레이션으로 횟감과 고추장이 따로 나오는 게 아니라 채소와 생선을 한데 넣고 초고추장으로 버무려서 올렸다. 말 그대로 밥반찬이다.

우리가 일반적으로 알고 있는 세꼬시회는 생선의 종류와는 상관없이 회로 먹을 수 있는 어린 생선을 뼈째 먹을 수 있게 회를 친 것을 말한다. '세꼬시'라는 말 역시 횟집 간판에서 쉽게 볼 수 있지만 오랫동안 우리의 일상생활을 간섭하고 있는 일본 말이다.

물회로 먹을 수 있는 횟감이 따로 정해져 있는 것도 아니다. 오징어 철에는 오징어를 물회로 많이 먹었다. 노가리나 도루묵, 갈치 등속의 회로 먹지 않는 몇몇 생선을 빼면 아버지의 배가 들어올 때 딸려 오는 생선이 횟감이 었다.

뼈째 먹기로는 가자미가 제격이었다. 팔딱팔딱 뛰는 가자미에서는 끈적끈적한 진이 묻어난다. 자기들끼리 몸을 비비며 마지막까지 살아남으려고 끈적대는 것이다. 쥐치는 검은색의 가죽 같은 껍질을 벗기는 게 관건이다. 대가리에 침처럼 뾰족하게 솟은 가시 아랫부분에 칼집을 넣고 대가리를 자른 뒤에 양손으로 아가리를 벌리면서 뒤로 잡아당기면 껍질이 한꺼번에 훌러덩 벗겨진다. 포를 떠서 써는 쥐치회는 담백하고 달다. 쥐치로 찌개를 끓이면 닭백숙의 닭고기 맛이 난다.

축산 사람들은 인근 영해면의 영해시장으로 장을 보러 갔다. 영덕군에서 가장 큰 오일장이 서는 곳이다. 장날이면 지역에서 생산되는 해산물이며 제철 과일과 채소들이 모여든다. 어머니는 장에 갔다 올 때면 군입거리로 꼭 엿을 사오곤 했다. 큰돈 들이지 않고 단것을 먹일 수 있는 게 엿이었다. 꽈배기처럼 꼬인 굵은 엿가락을 종이에 둘둘 말아 오면 그것부터 찾아 먹느라 정신이 없었다. 툭 분지르면 숨구멍(공기구멍)이 숭숭 뚫려 있던 가락엿. 엿가락에 묻어 있던 분. 손가락에 찐득하게 묻어나는 끈기를 빨아먹던 기억이 새롭다.

어쩌다 어머니를 따라 장에 나가서 얻어먹었던 막국수도 두고두고 그리운 맛이다. 막국수는 지물('제 물'의 경상도 방언)에 삶아 낸 국수를 말한다. 소면을 헹구지 않아 걸쭉해진 국물에 간장 양념을 쳐서 먹으면 배불리 먹을 수 있는 별미였다.

영해시장은 장날이 되면 부풀듯이 장이 커지지만 매일시장의 역할도 하고 있다. 어물전 한쪽에는 회를 썰어 파는 아지매들이 줄지어 앉아 있다. 횟감은 인근 해역에서 그때그때 잡히는 저렴한 어종들이다. 오징어, 학꽁치, 청어, 뼈째 썰어 파는 물가자미가 흔히 볼 수 있는 횟감이다. 회를 사서 시장통 안의 식당으로 가면 생미역과 각종 채소, 초장만 주문해서 한 끼를 푸짐하게 먹을 수 있다.

19세기 최고의 걸작 중 하나로 꼽히는 허먼 멜빌의 장편소설 『모비 딕』은 포경선을 타고 나간 선원들이 거대한 흰 고래와 사투를 벌이는 이야기이다. '모비 딕'은 바로 소설에 등장하는 흰 고래인 향유고래의 이름이기도 하다. 오래전 언제였던가. 서울시립도서관에서 대출해 읽은 『모비 딕』은 지루하고 복잡했다. 책의 두께도 만만치 않았다.

『모비 딕』을 집어 들었을 때 아버지의 고래가 떠올랐

다. 저인망어선을 타고 나간 아버지가 고래를 잡았었다는 신화 같은 이야기. 어릴 적에 그 얘기를 들었을 때는 당연한 것처럼 고개를 끄덕였지만 지금에 와서 다시 생각해 보면 놀랍기만 한 이야기다.

그때 아버지는 선장이었다. 선원이 네댓 명뿐인 중급 어선으로 축산항에 정박해 있는 대개의 배들과 비슷비슷한 규모였다.

하 참, 곱새기가 걸려들 줄 누가 알안.

하룻밤을 꼬박 새우고 바다에서 돌아온 아버지의 목소리였다. 머리맡에서 어머니와 나누는 이야기가 새벽녘 잠 속으로 파고들었다. 몇 번 눈꺼풀을 깜빡거리며 이야기에 귀를 기울이려고 했으나 남은 잠이 쉽게 떨쳐지지 않았다.

꿈인 듯 아버지의 목소리가 멀리서 들려왔다. 미리 쳐 놓았던 그물을 끌어 올리려는데 바다 밑에서 그물을 잡아당기듯 묵직한 게 배를 끌고 가더라고 했다. 아버지는 뱃머리를 돌리며 그물을 후려 감았다. 고기가 한꺼번에 몰릴 땐 그물이 찢어질 정도로 묵직했다. 예사로운 일이 아니라고 생각한 아버지는 긴장했다. 선원들도 힘을 모아 그물을 잡아당겼다. 아버지도 키를 놓고 그물을 당기는 일에 합세했지만 그물은 쉽게 딸려 오지 않았다. 자칫하면 그물을 끊고 돌아와야 할 판이었다. 어구를 버리는 일은 종종 있었으므로 끝까지 붙어 보자고 이를 악물었다. 그 상태로 동이 틀 때까지 고래와 사투를 벌이며 배를 몰고 왔다고 했다.

아버지가 곱새기를 잡았어요?

아침 밥상머리에서 내가 물었다. 잠결에 들었던 얘기가 꿈인지 생시인지 확인해 보고 싶었다.

잡았지. 아버지가 곱새기를 잡았어.

반주를 곁들이며 아버지가 목청을 세웠다.

어쩌다가 눈먼 게 걸렸주게. 밥이나 먹어.

어머니가 말을 잘랐다.

아버지가 고래를 잡았다는 무용담은 나의 상상 속에서 부풀려져 내 멋대로 골목 친구들에게 허풍을 떨어 댔다. 우리 아버지가 집채만 한 곱새기를 잡아 왔다고 마치 본 듯이 떠들고 다녔다. 어머니 말대로 눈먼 곱새기 새끼가 잡혔는지, 죽은 곱새기였는지, 잡은 곱새기를 어떻게 했는지는 알지도 못한 채.

고래 산지로 유명한 곳은 울산이다. 얼마 전에 우연

히 텔레비전 다큐멘터리 아카이브에서 한때 고래잡이로 명성을 날렸던 시절의 장생포항 필름을 본 적이 있다. 포경선을 타고 나가 몇 달씩 가족들과 떨어져 지내는 어부들의 인터뷰도 있었다. 그 시절 장생포항 인근의 풍경들을 담은 흑백 필름을 보고 있는데 어린 시절의 우리 동네 모습이 떠올랐다.

국제협약에 의해 우리나라에서 포경이 금지된 건 1985년이다. 무분별한 남획으로 일부 고래가 멸종 위기에 처했다는 우려 때문이었다. 지구 표면적의 70퍼센트를 차지하는 모든 바다에 서식하는 고래는 약 78종이라고 한다.

바다에 사는 포유동물. 내가 알고 있는 고래에 대한 기본 지식수준은 이토록 얄팍하다. 수십 톤에 달하기도 하는 거대한 고래를 '고기'로 알고 지낸 어린 시절에도 바다 생물 중에 가장 큰 어종이 고래라는 건 알고 있었다. 과연 내가 먹었던 고래는 어떤 종류일까? 아버지가 잡았다던 고래는 밍크고래일까, 돌고래일까?

축산항에도 포경선이 들어왔다. 어린 내 기억으로는 일반 어선과는 달리 큰 선체에 이상한 기물이 장착된 배였다. 포경선이 들어오는 날이면 위판장에 구경꾼들이 빽빽했다. 아이들은 어른들 가랑이 사이로 몸을 비집고 들어가 고개를 들이밀고 구경했다.

검은 광택이 나는 거대한 고래가 위판장 바닥에 누워 있었다. 장화를 신은 채 고래 등짝을 밟고 올라선 경매사가 입술을 살짝 벌려 웅얼웅얼 소리를 내면 상인들이 손가락으로 숫자를 주고받았다. 경매는 단번에 이루어지지 않고 시간을 끌었다. 옆에서 훈수를 두는 노인네의 말소리가 짜랑짜랑 울렸다. 낙찰이 되면 상인들이 들고 있던 표를 경매사에게 내밀었다.

해체 작업은 경매가 끝난 자리에서 이루어졌다.

애들은 가, 저리 가.

뻣뻣한 작업복을 입은 사내들이 소리쳤다. 네댓 사람이 들러붙어 거인들이나 쓸 법한 기다란 대형 칼로 대가리를 자르고 배를 가르고 몸통을 토막 내고 꼬리와 지느러미를 잘라냈다. 위판장 바닥에 붉은 핏물이 흥건하게 고였고, 헹궈 낸 핏물이 코앞의 바닷물을 붉게 물들였다.

고래가 들어오는 날이면 위판장 바깥 골목에 난전이 섰다. 곱새기고기라고 불렀던 고래고기는 쉽게 먹을 수 없는 음식이기도 했다. 질척한 흙바닥 한쪽에 솥을 내걸고 장사치들은 장작불을 때서 곱새기고기를 삶았다. 장화를 신은 채로 난전에 앉은 뱃사람들은 술안주 삼아 붉은 육회 살점을 굵은 소금에 찍어 먹었다. 아버지 옆에서 얼쩡거리면 삶은 고기 한 점을 얻어먹을 수 있을까 싶어 꼬마들은 난전 주위를 떠나지 않았다.

열두 가지 맛을 낸다는 곱새기고기는 부위마다 맛이 다르다고 한다. 실제로 열두 가지 맛을 내는지는 몰라도 그만큼 맛이 다양하다는 뜻이다. 소고기의 색감과 맛을 내는 부위도 있고, 청포묵처럼 하얗고 탱글탱글하니 씹히는 맛이 독특한 부위도 있다.

어린 날 음식에 대한 식감을 알면 얼마나 알았을까. 삶은 곱새기고기는 씹으면 고소한 감칠맛이 났다. 육류와 생선의 중간쯤 되는 맛이랄까. 바다에 살면서도 포유류가 가진 특유의 맛이 있었다.

아버지가 술을 마시다가 삶은 곱새기고기를 사 올 때도 있었지만 그런 경우는 아주 드물었다. 한번은 곱새기고기 삶는 주위를 맴돌다가 어머니가 퍼 준 보리쌀을 들고 간 적이 있었다. 한 됫박 남짓하게 보리쌀을 들고 가서 바꾼 곱새기고기는 몇 점 되지 않았다. 솥에 든 고기 뭉텅이에서 귀퉁이를 조금 잘라내더니 그것도 다 썰지 않고 뭉툭하게 딱 몇 점 썰어서는 종이봉투에 담아 주었다. 아쉬운 마음에 에계계 소리가 절로 났지만 장사치가 주는 대로 받아올 수밖에 없었다. 집으로 오는 길에도 봉투를 벌려 냄새를 맡으면서 숨을 꼴딱거렸다. 기름진 음식에 허기가 졌던 시절, 곱새기고기는 기름졌다.

내가 초등학교를 다녔던 1970년대 중후반은 우리나라 어업이 가장 활발할 때였고 장생포항에 포경선이 가장 많을 때였다. 어종 보호나 어업규제에 관한 개념도 없었다. 우리 동네에는 보릿고개가 없었다. 몸만 부지런하게 놀리면 밥은 먹고살 수 있었다. 그 시절의 보릿고개라는 단어는 책에서 배웠다.

내가 곱새기고기를 먹어 본 건 열세 살 전의 일이다. 자원은 풍족했지만 역설적이게도 가난했던 시절, 추억의 맛이라고 할까. 그 이후부터 축산항 부두에는 더 이상 포경선이 들어오지 않았다.

*

오징어

여름 더위가 가시고 풀벌레 소리가 선명해지는 초가을 무렵이면 밤바다에 오징어 배의 집어등 불빛들이 하나둘 잡히기 시작한다. 수평선에 걸려 넘어갈 듯 아슬아슬한 집어등 불빛은 손에 잡힐 듯 반짝였다.

은하수처럼 점점이 번져 오며 하늘 끝자락을 물들이던 불빛을 보면 떠도는 별처럼 마음이 오락가락했다. 적당히 쌀쌀한 밤바람을 맞으며 내 단짝 친구 S와 손을 꼭 잡고 밤거리를 헤매곤 했다. S와는 중학교 시절까지 '아삼륙'으로 붙어 다녔다. S가 우리 집을 찾아오지 않으면 내가 S네 집을 찾아갔다. 둘이 하도 붙어 다녀서 우리를 볼 때마다 S의 어머니는 "걸핏하면 아삼륙으로 처붙어" 다닌다고 욕을 했다. 둘 다 여러 형제자매들 중에 끝 순번이라 집에서는 버림받은 자식들처럼 짐짓 슬픈 감정을 끌어올리는 데는 꿍짝이 잘 맞았다.

오징어 철이 되면 아버지는 낮에 잠을 자고 오후가 되어서야 배를 타러 나가곤 했다. 오징어잡이는 밤이 되어야 조업이 가능하기 때문이다. 오징어는 집어등 불빛을 좇아 수면으로 올라오는 습성이 있었다. 주낙으로 조업하는 오징어잡이는 선주와 선장 몫까지 n분의 1로 나누는 방식이었다. 어쨌든 많이 잡혀야 선주도 선장도 선원도 한몫을 잡을 수 있었다.

밤거리를 돌아다니다 돌아온 S와 찐 옥수수나 고구마 소쿠리를 끼고 평상에 누워 둘다섯의 〈밤배〉를 흥얼거렸다. 아버지가 없는 집엔 묘한 평화와 나른함이 흘렀다. 긴장할 만한 일이 사라진 가을밤엔 아주 먼 후일의 어떤 이야기를 떠올렸을망정 오징어를 낚느라 고생하는 아버지를 생각해 본 적은 없었다. 지겹도록 우중충한 집을 벗어나고픈 사춘기 소녀의 마음이란 아무도 모르는 먼 곳, 가

보지 못한 세계를 떠돌고 있었으니까.

오징어 배가 들어오면 할복 작업을 하려는 아줌마들이 부두에 지키고 서 있었다. 입찰 과정을 거치고 주인이 정해지면 작업은 노련한 솜씨를 가진 아줌마들의 몫이었다. 오징어 몸통 끝에 달린 누두에 정확히 칼끝을 대고 반듯하게 한 번에 반으로 가르는 게 기술이다.

요즘 텔레비전에 소개되는 각종 달인들이 많지만 예전에 우리 동네 부두에도 달인들은 수두룩했다. 노가리 배 따기의 달인, 오징어 할복의 달인, 쥐치 껍질 벗기기의 달인. 달인의 손에 잡히면 눈 깜짝할 새에 오징어 한 마리가 해체되어 내장이 깨끗이 분리된다. 달인은 결코 먹물을 터뜨리는 법도 없었다.

부두에서 날일을 하는 S의 어머니야말로 오징어 할복의 달인이었다. 자그마한 체구에 S처럼 동그랗게 큰 눈을 가진 S의 어머니는 욕심껏 받은 오징어 무더기 앞에서 허리 한번 펴지 않고 그 많은 걸 뚝딱 해치웠다. 옆에서 구경하고 있는 나도 S의 어머니의 칼질에 입이 절로 벌어졌다. 칼질은 칼질대로 하면서 옆에서 멀뚱히 구경만 하고 서 있는 우리에게 잔소리하는 입도 쉬지 않았다. 싸돌아다니지 말고 집에 가서 방이라도 닦아 놓든지 공부를 하든지 하라는 잔소리는 S에게만 하는 게 아니라 나에게도 하는 말이었다.

동네 덕장마다 오징어가 찬바람에 꾸들꾸들 말라 가는 냄새가 났다. 오징어는 말라 갈수록 빛깔도 투명해지고, 냄새도 구수해진다. 덕장마다 몰래 들어가서 오징어 다리를 하나 슬쩍 떼어 먹고 달아나는 짓궂은 장난질을 치는 애들도 있긴 했다.

오징어를 말리는 데 최대 복병은 눈이나 비다. 빗방울이 튀기 시작하면 골목에서 놀다가도 나는 집으로 뛰어들어가곤 했다. 비 맞은 오징어만큼 생선 비린내가 고약한 게 없다. 벌그죽죽하게 물든 오징어는 먹어도 제맛을 느낄 수 없다. 오징어를 널고 나서 갑자기 비라도 오는 날은 동네 덕장마다 오징어를 걷느라 야단법석이었다. 건조기가 없던 시절, 모든 생선은 자연 바람에 건조했다. 오징어뿐만 아니라 비 맞은 물건은 상품으로서의 가치가 없어진다.

오징어 건조를 크게 했던 옆집 곽씨네 덕장에는 동네 아줌마들이 전표떼기로 와서 일했다. 일한 날 일당 대신 받은 전표를 모아 두었다가 정해진 날짜에 돈을 받아 갔다. 일하는 사람이 정해져 있지는 않았어도 늘 하던 사람들이 와서 했다. S네 어머니도 곽씨네 단골 일꾼이었다.

오징어 건조의 마지막 작업은 두 벌 말리기 직전에 피들피들 마른 오징어를 곧게 펴 주는 작업이다. 덕장에서 거둬들인 오징어가 산처럼 쌓인 창고 안에서 일하면서 농담을 주고받는 아줌마들의 목소리가 우렁우렁하게 울렸다. 포복절도하는 웃음소리가 새어 나오기도 한다. 우스갯소리를 하면서도 아줌마들의 손놀림은 여일하다. 한쪽 발뒤꿈치로 오징어의 대가리를 고정하고 두 손으로 귀때기를 잡아당겨 쭉 편 다음 몸통과 다리를 납작하게 고루 폈다. 그것을 다시 덕장에 널어 해풍과 한낮의 볕에 말려야지만 오징어 건조가 끝난다.

오징어는 스무 마리씩 묶어 한 축이라 부른다. 열 개의 오징어 다리 중 두 개의 긴 다리로 묶음을 짓는데, 묶음 짓는 요령은 숙달된 솜씨라야만 모양새가 잘 잡힌다.

아버지도 말년에 오징어를 사다가 말리는 작업을 했다. 더 이상 배를 타지 않는 아버지가 적적했던지 출가한 자식들 주려고 한 축씩 말리다가 점점 일이 커졌다. 아버지가 말린 오징어는 자식들이 알음알음으로 팔았다. 최고 상품인 대자 한 축이 2만 원대였다. 내가 그 가격을 아직까지 기억하는 건 결혼하고 꽤 여러 해 동안 '효도 장사'를 했으니 잊을 리가 없다.

우리 집 오징어만 단골로 먹던 지인은 어느 해부턴가 오징어가 조달되지 않자 부모님이 돌아가셨냐고 묻기도 했다.

오징어 씨가 말랐는지 구경하기도 힘들다네요.

그러고 나서 몇 년 후에 아버지는 돌아가셨다.

요즘은 오징어를 '금징어'라 부른다. 20여 년 전에 내가 팔았던 오징어 한 축을 사려면 열 배는 줘야 살 수 있을 것이다. 물가 시세를 반영하더라도 금징어임에는 틀림없다. 반 건조한 오징어를 경상도에서는 피데기라고 부르는데 구워 먹으면 뻣뻣하게 마른 것보다 식감이 훨씬 부드럽고 구수하다. 반면에 오래 비축할 수 없다는 단점이 있다.

오징어 맛을 모르는 사람은 아마 없을 것이다. 생선이면서 왠지 어물전에만 누워 있는 게 억울하게 느껴질 만큼 다용도로 제품화되어 유통되는 생선이 오징어다. 오징어땅콩 과자처럼 말린 오징어로 가공한 제품들은 골목 슈퍼마켓이나 편의점에서도 쉽게 구입할 수 있다.

어릴 적에는 오징어를 넣고 끓인 콩나물국이나 김칫국을 많이 먹었다. 오징어 이리까지 넣고 끓여야 국물이 시원하다. 별다른 양념도 없었다. 오징어콩나물국은 맑게 소금 간만 했고, 오징어김칫국에는 김장김치를 넣었다. 생물 오징어가 들어간 국은 시원하고 진한 바다의 풍미를 느낄 수 있다.

　김장을 할 때에도 생물 오징어를 넣었다. 깨끗이 손질한 오징어는 물기를 뺀 다음 김장김치를 독에 잴 때 독의 아랫부분 김치 포기 사이사이에 넣었다. 위에 것부터 차례로 꺼내 먹고 어느 정도 김치가 익을 때면 함께 넣은 생물 오징어도 알맞게 꼬들꼬들하니 간이 배었다. 오징어만 따로 썰어 고춧가루와 깨소금을 넣고 무치면 오징어젓갈과는 달리 짭짜름하고 쫄깃하니 밥반찬으로는 그만이었다.

꽁치젓갈과 장모님 김치

살림을 하다 보면 시골집 장독대에 나란히 앉아 있던 크고 작은 단지들이 떠오른다. 단지 뚜껑을 열 때 사기가 부딪히며 내는 소리, 조심스럽게 허리를 구부리고 깊은 단지 속을 들여다볼 때 나던 시크름한 온갖 냄새들.

냉장고가 없던 시절 마당 한편에 발효 식품들을 저장해 두던 정겨운 이름의 장독대. 눈이 오면 단지 뚜껑에 소복이 올라앉은 눈은 투명하게 새파란 빛이었다. 눈을 뒤집어쓴 단지들이 눈사람처럼 올망졸망 앉아 있던 장독대의 풍경이 지금도 선하다.

　어릴 적의 우리 집 항아리들은 중배가 부른 모양이었
다. 된장단지, 고추장단지, 간장단지, 젓갈단지, 장아찌단
지, 소금단지……. 크기만 달랐지 모양새는 똑같았다. 큰
것부터 중간 것, 작은 단지까지 제자리를 가진 듯 나란히
앉아 있던 단지들을 어머니는 호박잎을 뜯어 깨끗이 닦
곤 했다.

　텃밭에 한 해도 거르지 않고 심던 호박은 여린 잎과
열매까지 반찬으로 먹지만 억센 이파리는 수세미 역할도
했다. 기름기가 묻은 설거지를 할 때 호박잎으로 애벌설
거지를 한 뒤 행주질을 했다. 어머니는 장이나 젓갈이 익
어 갈 동안 독을 갈무리할 때도 호박잎으로 표면을 덮어
두었다. 벌레가 끼거나 곰마지가 앉지 않도록. 그러고 보
면 호박잎은 참 다용도로 쓰였다.

　단지 속에 든 것들은 삭혀야만 먹을 수 있는 저장식
품이었다. 김장김치는 텃밭머리 무른 땅을 깊게 파서 움
을 만들어 보관했지만 동치미나 이내 꺼내 먹을 김치는
단지에 담아 장독대에 올려놓았다.

　집집마다 장독대엔 꽁치젓갈단지가 한두 개씩은 있

었다. 꽁치는 동해안 수역에서 많이 잡히는 생선이라 젓 갈로 무치는 음식을 할 때 기본으로 쓰이는 게 꽁치젓갈 이었다. 새우젓이야 서해안이나 남도 산물이니 새우젓을 사다가 음식을 하긴 너무 멀고, 그 맛을 모르기도 했던 시 절이 있었다. 지금에야 양조 젓갈을 가게에서 사다가 간 편하게 사용하지만 시골 살림에서 젓갈을 담그는 건 장 을 담그는 것만큼이나 중요하고 가장 기본적인 일 중의 하나였다.

푹 곰삭아야 제맛이 나는 게 젓갈이라지만 봄이 제철 인 꽁치는 여름의 뜨거운 볕을 견디고 곰삭아도 꽁치의 형태가 그대로 남아 있었다. 억센 뼈와 대가리까지 그대 로 살아 있는 꽁치젓갈은 건져 내어 밥을 뜸 들일 때 쪄 내거나 고춧가루와 파, 다진 마늘 등 갖은 양념으로 무쳐 서 먹기도 했다.

꽁치젓갈은 김장김치 할 때 빼놓을 수 없는 젓갈이기 도 했다. 살이 으스러지고 난 국물은 걸쭉하고 진했다. 탁 한 액젓은 촘촘한 망이나 베 보자기에 걸러 맑은 국물만 받아서 사용하기도 하고 대가리와 뼈다귀를 추려 내고 그대로 김치 양념을 버무리면 살은 다 녹아 없어졌다. 김 장 배추는 텃밭에서 기른 것으로 사용했고, 배추를 절일 때는 커다란 고무 통에 손질한 배추를 담고 바닷물을 부은 뒤 돌로 눌러놓으면 배추가 뜨지 않고 잘 절여졌다.

생물 꽁치를 먹는 방법에는 여러 가지가 있지만 신문지에 돌돌 말아 연탄불에 구워 먹기도 했다. 아버지가 꽁치를 굽는 방식이다. 마른 신문지에 물기가 묻어 종이가 쉽게 타지 않고 기름기가 쫙 빠지면서 신문지가 가맣게 변해 갔다. 등 푸른 생선인 꽁치는 푸른 껍질까지 먹어야 제대로 영양을 섭취한다지만, 신문지에 들러붙어 껍질이 벗겨진 꽁치 살은 비린내 하나 없이 고소했다. 짚불에 장어를 구워 먹는 걸 보고 바로 아버지가 신문지에 꽁치를 싸서 굽던 방식이구나 싶었다.

꽁치보다 못한 대접을 받았던 양미리는 조려서 많이 먹었다. 새끼줄로 두름을 엮어서 반 건조한 상태로 시장에 내다 팔기도 했던 양미리는 알이 탱탱하게 뱄을 때가 제맛이 들었을 때다.

충청도 사람인 남편은 처가에 와서야 꽁치젓갈을 처음 먹어 본다고 했다. 꽁치로 젓갈을 담근다는 것도 처음 들어본다고 했다. 남편이 장모님 김치라고 부르는 어머니의 김치에는 꽁치젓갈이 베이스로 들어간다. 걸쭉한

젓갈 국물에 갖은 양념으로 소를 버무리는데 거기에 빠지지 않는 게 제피가루다.

제피가루는 추어탕에 흔히 쓰이는 향신료이다. 특유의 민물고기 비린내를 없애는 역할을 한다. 제피는 경상도식으로 부르는 말이고 초피나무의 열매 껍질을 말려서 만든 것이다. 호불호가 갈리는 강한 맛이라 입에 배지 않은 사람은 먹기 힘들다.

제피가루를 넣은 추어탕을 먹어 본 남편도 처음 장모님의 김치 맛을 보고는 인상을 찡그렸다. 도무지 입에서 쉽게 넘어가지 않는 매운 쓴맛이 난다고 했다. 그래도 어쩌겠는가. 경상도식 김치에는 제피가루를 넣지 않으면 김치가 안 되는 줄 아는 장모님이니 그대로 먹을 수밖에. 세월이 지나 더 이상 장모님 김치를 먹을 수 없게 되었을 때야 남편은 장모님 김치가 생각난다며 가끔씩 빈 입맛을 다신다.

어머니는 시장에서 제피껍질을 사 온 뒤 조그만 면주머니에 달아 두었다가 김치를 담글 때 확에 갈아서 사용했다. 그게 빠지면 김치가 맹맹하다고 했다. 나는 나중에 서울에서 제피가 빠진 김치를 먹어 보고 나서야 맹맹한 김치 맛이 어떤 건지 알았다. 음식은 정 붙이고 살아가는 데서 인이 나는 법이라 계속 제피가루가 빠진 김치를 먹다가 본가에 가서 어머니 김치를 먹어 보면 특유의 '독한 맛'이 강하게 느껴졌다. 어느새 내 입맛도 담백한 김치 맛에 길들어 가고 있었다. 김치에 제피가루를 사용했던 건 꽁치젓갈의 비린내를 완화시키기 위해서가 아니었을까 싶다.

한 여성월간지 교열 파트에서 7년간 아르바이트를 했었다. 벌써 몇 년 전의 일이다. 어느 날 구내식당에서 점심을 먹는데 내 앞자리에 요리 파트 담당 기자인 H가 식판을 놓고 앉으며 투덜거렸다. 이번 조리사 아줌마는 김치 맛이 영 아니라고. 하긴 반찬의 기본은 김치인데 나도 좀 아쉽긴 했다. 젓갈은 넣다 만 건지, 고춧가루는 뿌리다 만 건지 희멀겋기도 하고 간이 겉돌아 감칠맛도 없었다.

나는 맛없는 김치를 먹을 때, 딱 우리 엄마가 제피가루 넣고 담가 주던 김치가 먹고 싶네.

내 말에 H가 제 귀를 의심하듯 물었다.

김치에 제피가루를 넣는다고요? 추어탕에 들어가는 그, 향신료?

하긴 요리 파트를 3년이나 맡아 오고 있으니 제피가

루를 계피가루로 알아듣지 않는 것만도 다행이었다.

경상도 지방에선 김치 담글 때 제피가루를 넣어. 김치에 국물도 없고.

음, 도무지 상상이 안 되는 맛이네요. 김치에 제피가루라니.

도저히 그 맛을 짐작할 수 없다는 듯 H의 미간이 올라갔다.

맛보지 못한 자에게 그 맛을 어찌 설명할까. 나는 그냥 웃음으로 답을 때웠다.

지치고 힘들어서 입맛이 싹 달아날 때면 생각나는 그맛을, 그립다는 말로밖엔 설명할 길이 없다. 꽁치젓갈에 제피가루를 넣어 버무린 푹 곰삭은 어머니의 김치에 돼지고기를 숭덩숭덩 썰어 넣고 국물이 바특하게 끓인 김치찌개도 그립다.

*
겨울철 별미

N은 내가 알고 있는 사람 중에 가장 입이 짧은 사람이다. '나 홀로 족'이기도 한 N은 먹는 것에 욕심도 없다. 배가 고프면 눈앞의 음식에 절제력이 상실될 정도로 식탐을 부리는 나와는 영 딴판이다. N의 절제력은 음식 앞에서만 대단한 것이 아니다. 쉽게 흥분하지도 않고 말이 급하지도 않고 화를 잘 내지도 않는다. 입이 짧은 것과 N이 가진 성정이 어떤 연관성이 있는지는 모르겠지만 N을 보면 무엇이든 먹이고 싶어 안달이 난다.

나보다 댓살 아래인 N과는 출생지와 학교, 나이, 그 어느 면에서도 공통적인 면이 없지만 몇 년 전 한 문학프로그램에서 만나 한때는 하루가 멀다 하고 뻔질나게 만났었다.

N과 함께 간 식당은 N처럼 조용하고 번잡스럽지 않은 곳이 대부분이었다. 한적한 길모퉁이에 테이블이 딱 두 개뿐인 작은 식당, N이 좋아하는 발효차를 마실 수 있는 작은 찻집에선 입만이 아니라 눈으로도 즐길 거리들이 덤처럼 주어진다. 그래서 N과 함께 무언가를 먹을 때면 내가 미처 보지 못했던 음식 이외의 것을 줍는 느낌이 든다.

N이 꼽는 좋은 음식의 기준은 단순하다. 음식에 화학 조미료를 사용하지 않을 것, 간이 세지 않을 것. 맵고 짠 음식에 알레르기 반응을 일으키는 N이 찾는 음식들은 나 역시 그리 나쁘지 않았다. 한 끼 식사지만 몸을 생각하게 하는 음식이랄까. 단순한 음식이 이렇게 비쌀 필요가 있는가 싶기도 했지만, 단순함 자체만으로 질 좋은 재료 고유의 맛을 낸다는 걸 값어치로 친다면 말이 될까.

지난겨울, 한때 내가 자주 가곤 했던 막걸릿집에 오랜

만에 만난 N을 데리고 갔다. 밑반찬이 내 입에 맞는 집이 었는데 겨울이면 안주로 과메기를 내놓던 그 집은 번화한 거리 뒷골목 한 귀퉁이에 있는 오래된 가게였다.

N에게 과메기 맛을 보여주고 싶었다. 과메기를 아직 먹어 보지 않았다는 N은 별로 구미가 당기지 않는 얼굴로 쳐다만 보고 있었다. 나는 과메기에 관해 늘어놓기 시작했다. 윤기가 흐르는 붉은 살점에 말캉한 과메기 한 점을 들고 코끝으로 냄새를 맡으면서 말이다. 묵은 기름 냄새가 나지 않고 단내가 나는 게 좋은 과메기다.

과메기를 포항에서 공수해 온다는 주인장의 말에 나는 한술 더 떠 이게 바로 우리 고향에서 나는 거라고 허풍까지 떨었다. 영덕과 포항 간은 차로 한 시간이면 족한 같은 도계 안에 있는 지역이니까. 우리 앞에 놓인 과메기는 300킬로미터 이상 떨어진 구룡포나 영덕 지구에서 납품받은 과메기일 테니 생거짓말은 아니었다. 그러곤 손에 든 것을 N 앞으로 들이밀고는 맛보라고 재촉했다.

N은 도리질을 쳤다. 먹어 보지도 않고 도리질부터 치는 것이 서운해 웃음을 섞어 가며 한 입만 먹어 보라고 재차 권했다.

이 분위기, 꼭 술 권하는 사회 같네. 나는 날 생선은

안 좋아한다니까요.

N은 내 청을 거절하며 밑반찬만 집어 먹었다.

안 먹어 본 음식도 먹어 봐야지. 사람 사는 맛 중에 먹는 즐거움도 한몫하는데.

나는 쩝 입맛을 다시며 과메기 먹는 시범을 보였다. 반듯하게 잘라 놓은 생김에 과메기 한 점 올리고 마늘종과 미나리, 마늘 한 조각을 올려서 김으로 만 다음 입속으로 넣어 오물오물 씹었다. 품질 좋은 과메기는 비린내는커녕 쫄깃한 식감에 입맛 돌게 하는 특유의 감칠맛이 있었다.

초장도 안 찍고 그냥 먹어요?

N이 나를 빤히 쳐다보면서 물었다.

초장 찍어도 맛있지. 그럼 초장에 묻혀서 과메기 본연의 맛이 달아나니까 안 찍어.

그럼 채소는 왜 곁들여요?

과메기를 너무 빨리 먹어치우게 될까 봐.

나는 일 초의 망설임도 없이 말했다.

언니가 진짜 미식가네요. 호호호.

끝내 과메기를 입에 대지 않은 N의 웃음소리가 지금도 생생하다.

'푸른 바다 가는 길'이라는 표지가 가리키는 강축도로 구간에서 겨울이면 과메기를 널어 말리는 풍경을 쉽게 볼 수 있다. 해풍에 말려야 신선하고 제맛이 나는 과메기는 까다로운 식재료다. 손질을 잘못하면 비린내가 심하고 풍미가 떨어진다.

　과메기가 제맛을 내는 데는 밤낮의 기온 차가 큰 동해안의 기후 조건이 한몫을 한다. 한겨울 해풍에 살얼음이 끼듯이 얼었다 녹기를 반복하며 일주일쯤은 말려야만 상품으로 쓸 수 있다. 연말부터 1~2월에 최고의 풍미를 자랑하는 과메기는 날이 풀리면 탈이 난다고 해서 먹지 않는 음식이기도 하다. 과메기는 기름진 생선이다. 꾸덕꾸덕하게 말린 과메기는 산패가 빨리 일어나기 때문에, 말 그대로 겨울 한철에만 맛볼 수 있는 진미다.

　과메기는 말린 청어를 뜻하는 '관목어(貫目魚)'라는 한자어에서 온 말이 경상도식으로 변한 말이다. 청어가 많이 잡히던 시절에는 청어로 과메기를 만들었다. 청어가 귀해지자 흔한 꽁치로 과메기를 만들기 시작했다. 청어와 꽁치는 과메기 상태에서는 빛깔도 모양새도 닮아 보이지만 생물일 때에 구별하기가 훨씬 쉽다.

　요즘은 청어와 꽁치과메기 둘 다 어렵지 않게 맛볼 수

있다. 청어가 꽁치보다 살점이 두툼하고 풍미가 높지만 사람마다 선호도는 다르다. 나는 담백한 꽁치과메기를 좋아한다. 우리가 일반적으로 식당에서 만나게 되는 과메기는 푸른 등껍질을 깨끗이 벗겨 내서 먹기 좋게 썬 다음 김이나 물미역, 마늘종, 미나리 등속과 가지런히 담아 낸 것이다. 구이나 조림으로 많이 먹는 꽁치를 말려서 생으로 먹을 생각을 한 것부터가 지혜롭지 않은가.

우선 꽁치는 싱싱한 것을 과메기의 재료로 사용한다. 물이 간 듯 냄새가 나는 것은 말리면 특유의 찌든 기름 냄새가 사라지지 않기 때문이다. 꽁치의 대가리를 제거하고 꼬리 부분까지 포를 떠서 뼈를 제거한 다음 건조대에 하나씩 걸어 말리는 것을 배지기라고 하는데, 그래야만 건조하기가 쉽다. 대가리까지 살려서 통으로 말린 건 통지기라고 부르려나.

고기도 먹어 본 사람이 맛을 안다는 말이 있듯이, 생전 먹어 보지 않은 N에게 먹어 보라고 강권한 기억이 있어서 과메기 살점을 집을 때마다 골똘히 들여다보게 된다. 정말 맛난 때깔인데……. '술 권하는 사회'를 운운하던 입 짧은 N이 떠오르면 풋, 하고 웃음이 터진다.

*

물곰탕

그
때
는
몰
랐
던
맛

내게는 아주 귀한 흑백사진 한 장이 있다. 초등학교 2학년 가을 소풍지에서 찍은 사진이다. 보관 상태가 그리 양호하지 않은 사진은 귀퉁이가 나달나달하게 해졌다.

알록달록한 나일론 원피스를 입고 타이츠를 신은 나와 작은언니는 나란히 서 있고 키가 큰 큰언니가 뒤에 서서 우리 두 사람의 어깨에 손을 올려놓고 있다. 막내인 여동생은 후줄근한 옷을 입은 채 방금 울음을 그친 얼굴로 내 앞에 서 있다. 취학 전인 여동생은 운동화조차 없어 고무신 차림이다. 자갈이 많은 코스모스 밭이어서 찢어진 고무신 밑창이 살짝 들려 있는 게 보인다.

큰언니는 소풍 가는 두 동생들의 도시락을 들고 따라왔다. 여동생은 집에 두고 올 생각이었는데 한사코 울면서 쫓아왔다고 했다. 우리는 코스모스가 가득 핀 강가에 서서 사진사를 향해 웃고 있지만, 강한 가을 햇살 탓에 모두 인상을 쓰고 있는 듯 찡그린 표정이다.

어린 동생들 업어 키우느라 초등학교밖에 다니지 못한 큰언니가 서울 남의 집으로 간 건 내가 예닐곱 살 때였다. 내가 아홉 살에 초등학교 입학할 때 가방이며 학용품 모두 큰언니가 서울에서 소포로 보내온 것이었다. 그리고 큰언니는 몇 년 지나지 않아 아주 집으로 돌아왔다.

큰언니가 돌아온 그날 밤늦게까지 5촉짜리 작은 전깃불 아래 앉아 얘기를 나누던 어머니와 큰언니의 실루엣을 잊지 못한다. 찬바람이 들어오지 못하도록 문풍지를 바른 미닫이문에 긴 그림자가 어른거렸다.

내 이마에 찬 손의 감촉이 느껴졌다. 발로 내찬 이불을 큰언니가 끌어다 덮어 주고 자리에서 일어설 때 낯설고 먼 곳에서 묻어온 바람이 코끝을 훑고 지나갔다.

큰언니가 몰고 온 찬바람의 냄새는 서울 바람이라고

내 기억 속에 새겨져 있다. 그녀가 들고 온 바퀴 달린 커다란 트렁크도 처음 보았고, 꽃무늬를 날염한 홈드레스며 굽이 뭉툭한 털 부츠, 안감에 푹신한 털이 박힌 바바리코트도 모두 처음 보는 물건이었다. 그 가방 속에는 몇 년간 집을 떠나 있었던 큰언니의 모든 것이 담겨 있었다.

　나는 큰언니가 돌아온 게 무작정 좋았다. 어떤 사정으로, 무엇이 그녀를 서울에서 내쫓았는지는 모르겠지만 큰언니가 돌아왔다는 것만으로도 좋았다. 학교에서 돌아오면 골목에서부터 언니야, 언니야, 소리쳐 부르며 마당으로 뛰어들었다. 큰언니가 또 서울로 가버리기라도 할까 봐 틈만 나면 큰언니 뒤를 졸졸거리며 쫓아다녔다.

　큰언니가 돌아온 그해 겨울은 배부르고 따뜻했다. 살림할 시간도 없이 물질을 다니느라 늘 바빴던 어머니 대신 작은언니가 집안일을 도와 가며 학교를 다닐 때였으니까. 큰언니는 어머니 대신 살림을 맡았다. 밥하고 빨래하고, 청소하는 일 들이 모두 큰언니의 몫이 된 것이다.

　그 겨울엔 물곰탕도 자주 끓여 먹었다. 물곰은 곰치과의 생선인 물메기를 경상도에서 부르는 말이다. 강원도에서는 곰치라 하고, 서해안 지역에서는 물텀벙이라고 부른다. 연평도에서 조기 파시가 한창이던 시절, 그물에 걸린 물텀벙은 쓸모없는 생선이었다. 조업에 방해가 된다고 조기를 입에 물려 멀리 가라고 던져버렸다고 한다. 여기저기서 그물에 걸린 고기를 던지는 텀벙 텀벙 소리가 난다고 해서 붙여진 재미있는 이름이다.

한겨울이 제철인 물곰은 큰 것은 무게가 상당해 한 손으로 들기에도 묵직했다. 알배기 물곰의 배를 가르면 내장은 보이지 않고 스펀지처럼 생긴 알 덩어리가 한 주먹 들어 있었다. 알을 꺼내서 따로 쪄 먹기도 했다. 입안에서 오도독오도독 씹히는 맛에 먹었다.

잡어로 분류되는 생선 중에서 가장 억울한 누명을 쓰고 있는 게 물곰이다. 물곰을 잡기 위해 조업을 나가는 배들은 거의 없었으니까. 잡어의 반은 노가리 크기의 거무튀튀한 어린 물곰이었다. 그때 내가 물곰탕 맛을 알았을 리는 없는데 어린 물곰을 건조했다가 쪄 놓은 것을 아주 좋아했다. 씹을수록 고소한 맛이 났다. 지금은 어디에서도 맛볼 수 없게 되어버렸지만 말이다.

아버지가 알배기 큰 물곰을 줄에 꿰어 들고 들어오는 날에는 어김없이 물곰탕을 끓였다. 수돗가에 철퍼덕 하고 떨어지는 물곰은 껍질이 미끈거려 칼로 썰 때도 칼날이 밀려나는 바람에 손질하기 쉽지 않았다. 움 속에 묻어 놓은 김장김치를 썰어 넣고 고춧가루를 풀어 얼큰하게 끓인 물곰탕을 아버지는 어이 시원타, 하면서 후루룩 들이마셨지만 나는 인상만 잔뜩 쓰고 있었다.

큰언니는 동생들이 손도 안 대는 물곰탕에 칼싹두기를 넣어 끓였다. 물곰탕이 끓기 시작할 때 솥 전두리에 도마를 척 걸친 다음 미리 반죽해 놓은 밀가루를 길쭉하게 말아서 칼로 싹둑싹둑 썰어 넣었다. 생선살을 씹으면 느물거리는 게 코를 풀어놓은 것 같은 물곰탕에다 무슨 묘술을 부렸는지 어린 내 입맛에도 딱 맞았다.

언니, 나도 수제비곰탕 한 그릇 더 먹을래.

큰언니가 아니었으면 쳐다보지도 않았을 물곰탕이었다.

서울에서 돌아온 지 1년 남짓 지나 큰언니는 경상북도 직산이란 곳으로 시집을 갔다. 집에 중매쟁이가 드나들고 몇 달 지나지 않아서였다. 번듯한 집도 있고 농사도 꽤 크게 짓는 집의 장남이었다. 중매쟁이가 사람 하나는 진국이라고 입에 침이 마르도록 칭찬했었다. 영해 버스터미널 근처 다방에서 큰언니가 그 남자를 만날 때 따라

가서 칼피스 음료를 한 잔 얻어먹기도 했다.

언니, 정말로 시집갈 거야?

돌아오는 길에 큰언니에게 몇 번을 묻고 또 물었다. 시집가면 안 된다고, 언니가 시집가면 나도 따라갈 거라고 떼를 쓰는 나를 달래며 큰언니가 말했다.

자주 보러 올게.

그 말을 믿지 않았지만 아주 못 볼 거라는 생각은 하지 않았다.

마당가 화단의 무리 지어 핀 국화꽃에 서리가 앉을 무렵 결혼식을 올린 큰언니는 얼마 후부터 앓기 시작하더니 이태 뒤에 세상을 떠났다. 결혼하자마자 곧바로 아이가 들어섰지만 몸이 좋지 않아 유산을 하고 자궁을 긁어냈다. 시댁에서 앓아누워 있을 처지가 못 된 큰언니는 병든 몸으로 돌아와 세 살던 사람이 나간 아래채에서 몇 달간 누워 지냈다. 병원에서 오래 살기 힘들다는 말을 들은 어머니는 큰언니를 살리기 위해 세상에 좋다는 온갖 약방문을 받아 왔지만 소용이 없었다.

어느 날 학교에서 돌아왔더니 아래채 방문이 활짝 열려 있고, 늘 이부자리가 깔려 있던 방은 텅 비어 있었다. 어머니도 보이지 않았다. 며칠 뒤인가 큰언니의 장례를 치르고 어머니 혼자 집으로 돌아왔다. 어머니는 시댁으로 돌아간 큰언니가 자신이 죽을 날을 알았던 것 같다고 말했다.

큰언니가 세상을 떠난 뒤 그녀가 지녔던 모든 것을 불에 태워버렸다. 우리 집 마당에서 전통혼례를 치렀던 잔칫날 사진 한 장 남은 게 없다. 초등학교 2학년 가을 소풍 때 찍은 흑백사진은 큰언니를 볼 수 있는 내게 남은 유일한 사진이다.

병원에서 포기했던 큰언니의 병은 급성으로 온 암이었다. 뼈다귀만 남은 채 앓아누워서도 나를 보고 웃어 주던 큰언니. 부모님 말씀 잘 들어라. 공부 열심히 해야 한다. 기운 없는 목소리로 당부하던 큰언니의 얼굴이 잊히지 않는다.

시집가던 그해 내 생일날에는 골목 친구들을 불러들여 잔치국수를 말아서 한 그릇씩 먹였다. 생일날엔 국수를 먹어야 오래 산다고. 처음으로 받아 본 생일상이었다.

내 생일이 돌아오는 가을이면 큰언니가 끓여 주었던 잔치국수, 칼싹두기를 넣고 끓인 물곰탕이 생각난다. 묵호나 울진 등지의 동해안 지방에 '곰치탕'을 전문으로 하는 유명한 맛집도 있다는데 찾아가 보지는 않았다.

그때는 몰랐던 그 맛이 내 몸에 남은 기억을 우려낸다. 세월이 갈수록 큰언니의 모습은 희미해져 가는데 자꾸만 먼 곳으로 나를 잡아당기는 무언가가 기럽다. 큰언니의 나이 겨우 스물다섯. 그녀의 생은 너무 짧았다.

새마을운동이 한창이던 70년대 말, 일요일 아침마다 골목골목에 새마을찬가가 울려 퍼지면 집집마다 빗자루나 삽을 하나씩 들고 골목으로 나왔다. 한 집에 한 사람은 의무였다. 어른들은 도랑을 쳤고 학생들은 비질을 했다.

우리 집 텃밭머리 한 귀퉁이에 나앉은 길갓집, 숙이 언니네 집은 담장도 없었으니 대문도 없었다. 큰길 쪽으로 툭 터진 조그만 마당에 일자형의 방 두 칸과 부엌 하나가 전부였다. 납작한 툇마루가 달린 방으로 드나들 때는 방 안이 보였고, 부엌문을 열어 놓으면 시렁에 얹어 놓은 그릇까지 다 보였다.

그 집엔 동네 사람들이 수시로 드나들었다. 담도 대문도 없는 집이어서 거리낌이 없었는지, 여자만 둘이 사는 집이어서 그랬는지, 아줌마 음식 솜씨가 좋아서 그랬는지 모르겠다.

아줌마는 덩치가 좋았다. 이목구비가 크고 말할 때 두툼한 볼살까지 출렁거려서 표정이 유난스러웠다. 작업복 차림에 장화를 신고 팔 토시를 낀 채 부두로 나갈 때면 걸음걸이도 사내처럼 씨억씨억했다. 숙이 언니도 모녀라는 걸 속일 수 없을 만큼 아줌마를 빼박았다. 큰 숙이, 작은 숙이라고 할 만큼이나.

숙이 언니가 우리 작은언니보다 두어 살 많았던가? 아무튼 학교에 다니지는 않았다. 열일곱 살이나 열여덟 살쯤 되었을 것이다. 아줌마처럼 팔 토시를 끼고 작업복 차림으로 리어카를 끌며 아줌마와 함께 부두로 일을 다녔다. 어머니 말로는 강원도에서 이사를 왔다는데 들어올 때부터 달랑 두 모녀였고, 그 집에 남정네는 화투를 치러 드나드는 동네 아저씨들뿐이었다.

궂은 날, 아줌마네 집에는 아침부터 밤늦게까지 사람들이 바글거렸다. 납작한 마루 앞에는 여러 가지의 신발들이 어지럽게 흩어져 있었다. 고무 슬리퍼, 털신에 장화까지 크기와 모양새가 다른 신발들은 길 가던 사람이 집어 가도 모를 정도였다. 화투짝을 내려칠 때 잘코사니, 앗따, 하는 소리가 문밖에서도 들렸다. 한바탕 화투놀이를 하고 난 다음에는 어김없이 술판이 벌어졌고, 술판에서는 싸움이 벌어지기도 했다. 고성이 오가고 마당가까지 내팽개쳐진 신발짝을 주워 신느라 비틀거리거나 허둥대는 모습도 종종 볼 수 있었다.

허구한 날 화투만 친다고 어머니는 쯧쯧 혀를 찼지만 아줌마는 부지런한 사람이었다. 아줌마가 숙이 언니와 일을 나간 날에도 그 집은 화투꾼들이 차지하고 있었다.

속창아리 없는 년, 어떵 지 집 안방을 함부로 내주고 살안.

어머니는 혼잣말로 구시렁거리기도 했지만 아줌마가 우리 집 낮은 담장 너머로 고개를 내빼고 아지매요, 소리치면 어머니는 무사?('왜'의 제주 방언) 하며 망설이지 않고 응대했다. 우리 집 텃밭의 호박이며 풋고추, 파, 깻잎 한 장을 딸 때도 큰 소리로 어머니를 불러 꼭 허락을 맡았다.

숙이네 아줌마는 손이 커서 음식도 많이 했지만 손맛도 좋았다. 일을 벌였다 하면 저걸 누가 다 먹나 싶을 정도로 떡 벌어지게 했다. 덩치 큰 아줌마가 움직이기 불편할 정도로 부엌은 좁디좁아서 수돗가 곁 평상에 석유곤로를 놓고 마당에서 음식을 하기도 했다. 김치를 버무릴 때나 가자미식해를 담글 때도 평상이 부엌 역할을 했다.

아줌마의 가자미식해는 어디 내놔도 빠지지 않을 만큼 맛있었다. 어머니는 아줌마가 가자미식해를 나눠 주면 입가에 흠뻑 미소를 띤 채 그릇을 받아 들었다. 고맙다고, 숙이네 먹을 건 있냐고 인사치레를 잊지 않았다.

가자미식해를 담그는 날이면 아줌마네 수돗가에 싱싱한 가자미가 콧물 같은 진액을 뿜으며 쏟아졌다. 물가자미보다 참가자미가 식해를 담그기엔 좋았다. 가자미를 손질해서 소금에 살짝 절였다가 물기를 꼭 짠 뒤에 먹기 좋을 정도로 숭덩숭덩 썰었다. 삭으면 씹히는 맛이 있어야 한다고 했다. 술을 만들 때처럼 쌀로 고두밥을 지어 버무리기도 하지만, 아버지 입맛에는 조밥을 넣는 게 더 좋다고 어머니가 말했다. 아무래도 조를 먹어 왔던 제주도 사람 입맛에는 옛 맛이 그리웠을지도 모른다. 엿기름가루에 고두밥을 넣고 가자미를 버무리는 날에는 식해만 담그는 게 아니라 전도 부치고 생선탕도 끓이는데 그 냄새가 우리 집까지 넘어왔다.

갓 버무린 가자미식해를 얻은 어머니는 작은 단지에 담아 부뚜막 한편에 올려 두고 삭을 때까지 손도 못 대게 했다. 발갛게 고춧가루 물이 들어 알맞게 곰삭은 가자미식해는 특히 아버지가 좋아했다.

언니, 숙이네 아지매가 나 먹으라고 부침개를 뚝 떼 줬어.

간밤에 꾼 꿈 얘기를 언니에게 하고 있는데 옆에서 듣고 있던 어머니가 받아먹었느냐고 물었다.

아니. 안 먹었는데.

나는 도리질까지 쳤다.

어머니가 나를 흘낏 쳐다보더니 죽은 사람이 주는 음식은 절대로 받아먹지 말라고 했다. 죽은 사람이 주는 음식을 받아먹는 꿈은 몸이 아플 징조라고 했다.

숙이네 아줌마가 한겨울에 마당으로 들려 나오자 온 동네 사람들이 다 모여들었다. 붉은색 뜨개 조끼에 번들거리는 분홍색 인견 파자마 차림이었다. 해가 중천에 떴는데도 일어나지 않은 아줌마를 깨운 건 옆방에서 자고 일어난 숙이 언니였다. 아무리 흔들어도 일어나지 않자 숙이 언니는 소리를 지르며 동네 사람들을 불러 댔다. 전날 밤 사람들과 술을 잔뜩 마시고 잠이 들었던 아줌마는 잠들기 전에 갈아 넣은 연탄가스에 중독되어 그만 일어나지 못했다. 흙바닥에 누운 아줌마에게 숨을 불어넣느라 애쓰던 동네 아저씨가 힘을 빼며 아줌마의 몸에서 손을 뗐다. 속옷에서 심한 냄새가 날 정도로 똥을 싼 걸 보면 완전히 숨을 놓은 거라고 했다.

마을 길을 넓힐 때 제일 먼저 숙이 언니네 집이 헐렸다. 요즘은 한 뼘이라도 임자 없는 땅이 없지만 그때만 하더라도 군유지에다 허락 없이 무허가로 집을 짓기도 했다. 숙이 언니네 집이 헐린 자리는 아주 조그마했다. 방두 칸이 앉았던 자리, 그보다 작은 부엌이 있던 자리는 비석치기를 하기에 딱 알맞은 크기였다. 그 자그마한 공간에 온갖 살림살이들이 들어앉고, 온 동네 사람들이 내 집처럼 들락거리던 집이라니.

아줌마가 죽고 숙이 언니가 언제 어디로 갔는지는 모르겠다. 모녀가 부두에서 날품을 팔며 살았던 자그마한 오두막집이 헐릴 당시는 새마을운동이 절정을 향해 치달

을 때였다. 가자미식해는 어머니가 담근 것보다 숙이 언
니네 아줌마가 담근 것이 훨씬 맛있었다.

*
나비

나
비
와
복
어

우리 동네에서 가장 마지막까지 남아 있었던 초가집
은 뒷집 할매네였다. 리어카 하나 지나갈 정도로 좁은 골
목 끝 막다른 집. 싸리울을 두른 할매네 텃밭과 우리 집
뒷담벼락 사이에는 사람만 겨우 지나다닐 수 있는 좁다
란 틈이 있었다. 골방 들창을 열면 뒷집 할매네 초가집이
한 폭의 그림처럼 들어왔다.

뒷집 할매는 그냥 뒷집 할매라고 불렸을 뿐, 누구 엄
마라거나 누구 할머니라고도 불린 적이 없다. 6·25 전쟁

때 월남한 할매에겐 시집간 수양딸이 하나 있다고 했는데, 얼굴은 본 적 없고 소문만 무성해서 뒷집 할매의 내력은 마치 전설같이 느껴졌다.

그 집은 유난히 적막했다. 여름 한낮 호박꽃에 앉은 벌이 윙윙대는 소리가 들릴 정도로. 전깃불도 놓지 않고 펌프도 없었다. 부엌 앞에 동그맣게 솟은 우물, 우물가에 앵두나무, 감나무, 텃밭 울타리엔 대추나무가 있었다. 그리 넓지 않은 텃밭엔 풀 한 포기 보이지 않을 정도로 정갈했고, 디딤돌을 놓은 마당엔 사람 발자국도 없이 깨끗했다. 옻칠을 먹인 반들반들한 마루엔 허접한 살림살이 하나 나와 있는 게 없었다.

밤이면 여닫이문 창호지에 호롱불빛이 아롱댔다. 간혹 술 취한 아버지를 피해 할매네 집으로 달아난 어머니를 찾으러 갔다가도 옴폭한 부엌이나 방에서 도란도란 애기를 나누는 어머니의 목소리를 듣고는 조심스레 발길을 돌리곤 했다.

동네 사람 누구도 뒷집 할매에겐 함부로 하지 않았다. 옷차림도 늘 단출했다. 밑단에 고무줄을 넣은 통 넓은 회색 무지 바지에 스웨터를 걸치고 뽀얗게 닦은 고무신을 신고 다녔다. 하얗게 센 머리를 단정하게 빗어 쪽을 찌고

몽당비녀를 꽂은 할매는 녹록해 보이지 않았다. 아이들도 그 집 마당을 함부로 밟지 않았다. 마당가에 우수수 떨어진 감또개를 주우러 들어간 아이들의 발소리만 듣고도 나비가 방울을 짤랑거리며 울어 댔으니까.

뒷집 할매네 집을 지키는 파수꾼, 고양이 나비는 오색 끈에 꿴 쌍방울을 매달고 있었다. 녀석이 천천히 마루를 걸을 때는 살랑거리는 방울 소리가 옅게 퍼지다가도 몸을 잔뜩 웅크렸다가 단번에 뛰어내릴 땐 요란하게 짤랑거렸다. 귀가 밝은 나비가 귀가 어두운 할매의 귀 노릇을 했다.

나비는 방울 때문이 아니더라도 동네를 돌아다니는 길고양이들과 한눈에 구별되었다. 검은색의 나비는 덩치가 좋고, 노회한 녀석이었다. 나는 나비를 무서워했다. 번들거리는 유리구슬 같은 눈동자와 눈이라도 마주치면 몸이 오싹 오그라들었다.

그 시절만 하더라도 반려 동물 개념이 없어서 고양이나 강아지를 방 안에 두고 기르지는 않았다. 나비는 다른 집 고양이들과는 달리 할매와 한 방에서 지냈다. 할매가 마실을 나갈 때는 나비도 함께 따라다녔는데 짤랑거리는 방울 소리가 들리면 뒷집 할매가 납시는구나, 이내 알아

차릴 수 있었다.

우리 집에는 도둑고양이들이 자주 드나들었다. 마당 한쪽에 설치해 놓은 조그만 덕장엔 늘 녀석들이 좋아하는 먹잇감들이 널려 있었다. 도루묵이며 가자미, 노가리 따위 잡어로 들어온 온갖 생선들이 덕장을 차지하고 있었다.

알배기 도루묵은 간장에 고춧가루와 갖은 양념을 넣고 자작하게 조려 놓으면 없던 밥맛도 생긴다. 노란색 윤기가 자르르 흐르는 도루묵은 배를 갈라서 덕장에 널어 말렸다가 쪄서 뼈째로 씹어 먹어도 고소한 맛이 난다. 흔히 하던 일이 헛수고가 된다는 비유적 표현으로 '말짱 도루묵'이라고 말할 때의 그 생선.

임금에게 진상했다가 도로 물렸다는 이야기가 회자되는 도루묵의 원래 이름은 '묵'이었다. 전쟁이 나서 피란 중인 임금에게 진상했더니 임금이 아주 맛나게 먹고 난 후 이것이 과연 무엇이냐고 물었다. 그러곤 묵이라는 이름이 못마땅했는지 '은어'라는 이름을 하사한다. 세월이 흘러 다시 먹어 본 은어는 예전에 맛나게 먹었던 그 맛이 아니어서 물렸다고 한다. 하여 은어라는 이름마저 박탈

당하고 '도루묵'이라는 오명으로 낙인찍힌 것이다.

잡어로 섞여 들어와 가장 흔하게 반찬감으로 먹곤 했던 도루묵은 고양이들이 좋아하는 생선이었다. 하긴 고양이가 어떤 생선인들 마다하랴.

볕 좋은 가을날 덕장에 널린 도루묵 곁에 복어 두 마리가 자리를 차지한 적이 있었다. 조업을 나갔던 아버지가 아침에 들어오면서 군용 항고 속에 담아 왔다. 술에 취한 아버지는 수돗가에 앉아 숫돌에 칼부터 갈았다. 보통 복어를 다룰 때는 내장이며 알, 뼛속에 박힌 핏물까지 깨끗이 제거해야 한다. 복어는 독이 있는 생선이라 아무나 함부로 만지지 못했다. 노련한 배꾼들이야 독을 제거하는 법을 알았으니 아버지는 복어 손질만큼은 식구들에게 맡기지 않았다.

제법 큼직한 복어 두 마리의 배를 갈라 덕장에 널어 둔 뒤 아버지는 곧장 긴 잠에 빠져들었다. 해 질 무렵 바다에서 돌아온 어머니는 집안일을 서둘러 하느라 덕장에 널어 둔 생선 걷는 일을 깜빡했다. 이튿날 아침 덕장을 둘러본 어머니는 귀신이 곡할 노릇이라고 찜찜한 얼굴로 중얼거렸다. 밤새 사람 손을 탔나, 고양이가 물어갔나. 전날 저녁참에 복어가 널린 걸 봤는데 복어만 없어졌다는 것이다.

그날 저녁, 뒷집 할매가 우리 집으로 찾아왔다. 뒷짐을 지고 마당으로 들어서며 둘레둘레 주위를 살폈다. 쪽찐 머리에 꽂은 몽당비녀가 달랑거렸다. 찬찬한 눈으로 마당을 살피며 혼잣말로 중얼중얼 무슨 말인가를 하고 있었다. 어머니가 무슨 일이 있느냐고 물었다.

나비 이놈이 어디로 마실을 나갔나, 생전 이런 일이 없었는데 어젯밤에 안 들어왔네.

할매는 마루에 엉덩이를 걸치더니 여전히 불안한 눈으로 마당 이곳저곳을 훑었다.

나는 감자를 꺼내 오라는 어머니 말에 작은 바가지를 들고 창고로 들어갔다. 어둑해진 창고의 양철 지붕 틈새로 지는 해의 빛살이 어른거렸다. 창고에는 농기구와 땔감들이 쟁여져 있었다. 감자를 담아 놓은 자루를 찾아 안쪽으로 들어서는데 나뭇단 곁에 뭔가가 길게 뻗어 있는 게 보였다. 엄마, 소리를 지르며 나는 멈춰 섰다. 고양이였다.

내가 가만히 다가가도 고양이는 움직이지 않았다. 목에 달린 방울이 보였다. 나비였다. 고양이가 배를 까뒤집고 누워 있는 건 싸울 생각이나 위협할 생각이 전혀 없는 자세라는 건 나도 알았다. 조심스럽게 손가락으로 고양이의 배를 살짝 건드렸다. 딱딱한 시멘트 덩어리를 만졌을 때와 같은 촉감이 손끝에 닿았다. 다시 용기를 내어 손가락을 갖다 댔는데 이번엔 손가락이 구부러졌다. 그 길로 나는 바가지를 내던지고 창고에서 뛰어나왔다.

나비가 죽어 있던 머리맡엔 먹다 남은 복어가 보였다. 뒷집 할매는 이맛살을 잔뜩 찌푸린 채 뭐라 말도 없이 죽은 나비를 끌어안고 집으로 돌아갔다.

저놈이 우릴 살렸네.

어머니가 할머니의 뒷모습을 보면서 중얼거렸다.

아버지가 술에 취해서 복어를 손질할 때 내장을 깨끗이 훑지 않고 널어 둔 것일 수도 있었다.

이십 대의 어느 해인가 본가에 내려갔는데 뒷집 할매네 초가집은 헐리고 없었다. 뒷집 할매가 돌아가셨다는 얘기는 굳이 우리에게까지 전할 필요가 없었겠지. 아버지 말이 해머로 몇 번 두들기니 집이 풀썩 주저앉더라고 했다.

———
복사꽃

내가 고등학교를 다녔던 영덕읍은 복숭아 산지로도 유명하다. 영덕 읍내에서 내륙 쪽으로 34호선 국도를 따라 올라가는 오십천변이 온통 복숭아밭이었다. 흡사 영덕 외곽을 두르는 성처럼 오월이면 만개한 복사꽃이 장관이었다.

처음으로 혼자만의 방을 가졌던 자취방은 오십천 뚝방 아래 있던 농가였다. 학교와는 거리가 멀었지만 방값이 쌌다. 안채 뒤 헛간 옆에 달린 뒷방이었는데 부엌도 없었다. 조그만 툇마루 밑에 연탄아궁이가 있었다. 전기밥솥이 없어서 연탄아궁이에 냄비 밥을 해서 먹었다. 방 안에 사과궤짝 두 개를 이어 붙여서 골판지를 깔아 몇 개 안 되는 그릇을 올려놓고 반찬통은 궤짝 속에 넣어 두었다.

집 뒤로는 복숭아밭으로 가는 오솔길이 있었다. 탱자나무 울타리가 쳐진 복숭아밭 사이로 미로 같은 길들이 끝도 없이 이어졌다. 밤에는 새소리가 들릴 정도로 고요했다. 안채에는 주인 할머니 혼자 살고 있어서 집에 사람도 거의 드나들지 않았다.

그 방에 가끔씩 J가 찾아왔다. J는 영덕 읍내 출신이었고, 내가 고등학교에 와서 처음 마음을 준 친구였다. J의 집은 학교에서 멀지 않은 시가지 쪽이었는데 J네 복숭아밭이 오십천변에 있었다. J는 집에서 만든 반찬을 어머니 몰래 싸오기도 했다. 조그만 반찬통에 담아 온 두부조림, 콩자반, 나물무침을 펼쳐 놓고 냄비에 밥만 해서 냄비째 놓고 마주 앉아 밥을 먹었다. 밥을 먹고 난 후에는 숙제거리는 밀쳐 두고 방바닥에 배를 깔고 엎드려 속닥거리느라 시간을 다 보냈다.

주인집 할머니는 귀가 어찌나 밝은지 내 방에 친구가 왔다 가는 걸 눈치채고 있었다. 아침에 안채 마당으로 들어가 수돗가에서 머리를 감으면 마루에 우두커니 앉아 지켜보던 할머니는 밤에 누가 와서 그렇게 시끄럽게 떠드느냐고 잔소리를 했다.

과수원 일을 하느라 종일 밭에 나가 산다는 J의 할머니는 잠을 자면서도 복사꽃 지는 소리가 들린다고 잠꼬대를 한다고 했다. 할매, 꽃이 지는 소리가 진짜 들려? J가 할머니를 놀리느라 할머니 귀에 바싹 대고 물으면 들리지, 일찍 핀 꽃들은 잔바람에도 떨어진다, 대답하곤 끙 소리를 내며 돌아눕는다고 했다.

진짜 꽃 지는 소리가 들릴까?

복사꽃이 환하게 핀 밤에 J와 플래시를 들고 복숭아밭으로 나갔다. 플래시 불빛을 아래위로 흔들며 과수원 사잇길을 걸어가면서 서로가 귀신 같다며 웃음을 터뜨렸다. 우리의 웃음소리에 복사꽃이 나폴 떨어지는 것을 보고는 어머, 바람 소리보다 센 거야, 웃음소리가? 탱자나무 울타리에 바싹 붙어 서서 어머, 감탄사를 내뱉었다.

그 방에서 육 개월을 살았다. 온전히 봄 한철을 보내고 다른 친구의 자취방으로 옮겨 가서 얹혀살았다. 낡은 여닫이문에 달린 동그란 쇠고리를 걸어 잠그고 잠들곤 했던 나 혼자만의 그 방을 J도 기억하고 있을까.

　해마다 오월이면 영덕군에서 주최하는 복사꽃 축제
가 열렸다. 복사꽃이 절정에 오른 강변에서 백일장과 씨
름대회가 벌어졌다. 백일장에는 군내 초중고교에서 글
좀 쓴다는 애들이 모여들었다. 엿장수며 솜사탕 장수, 꽈
배기 장수 들이 옛 장터를 재연하느라 목판을 지고 다니
고 탕이나 전을 부쳐 파는 천막이 쳐졌다.

　고등학교 2학년 때 우리 학교에서는 문예반 선생님
인솔하에 일곱 명의 아이들이 백일장에 출전했다. 작문
시간은 두 시간. 제시어가 몇 개 주어졌다. 시간 안에 작문
을 해야 한다. 나는 시 쪽엔 관심이 없었을 뿐 아니라 재
주도 없었다. 문예반에서도 산문만 썼는데 백일장엔 산문
부문이 없어서 시를 쓸 수밖에 없었다. 혼자 외진 강기슭
에 앉아 흐르는 강물만 바라보다 마감 30분쯤 남겨 두고
작문을 시작했다. 지금은 그때 썼던 시의 제목조차 생각
나지 않지만 어떤 내용이었던가는 어렴풋이 생각난다.

　죽음처럼 먼 데서 울리는 예배당의 저녁 종소리……
복사꽃이 떨어지는 소리 듣는다…… 잊을 수 없는 얼굴

하나 강물 따라 흐른다…….

큰언니를 그리워하는 내용이었다. 시를 써 본 적이 거의 없었기에 시처럼 보이는 산문이었을 것이다.

행사가 끝난 뒤 군청 대강당에서 시상식이 있었다. 상을 받으리라는 기대도 없었지만 끝까지 내 이름이 불리지 않아서 뒷문으로 슬쩍 빠져나가려던 찰나에 내 이름이 불렸다. 고등부 부문 대상이었다.

벌게진 얼굴로 단상에 올라가서 상패와 상장, 부상을 받았다. 부상은 두꺼운 국어사전이었고, 상패는 금도금을 씌운 목이 긴 트로피였다. 토요일 날 축산 집에 갈 때 트로피를 들고 갔다. 술에 잔뜩 취한 아버지가 손에 든 게 뭐냐고 물었다. 얼떨결에 트로피를 등 뒤로 감추자 아버지가 완력으로 내 손에 든 것을 빼앗았다. 공부는 안 하고 허튼 짓거리나 하고 돌아다닌다고 소리를 지르며 마당으로 트로피를 내던졌다. 트로피는 목이 댕강 부러져 컵과 받침대가 따로 뒹굴었다.

그 당시 우리를 인솔해 간 문예반 선생님을 오랜 시간이 지난 뒤 대구에서 만났다. 뒤늦게 등단해 소설을 쓰고 있다고 말했더니 그럴 줄 알았다며 웃으셨다.

그럴 줄 알았다는 말이 그때처럼 애매하게 들린 적은 없었다. 문예반에서 가장 실력 없는 아이가 나였다는 건 나도 알고 있었다. 내가 그날 쓴 작문을 제출하기 전 훑어본 선생님이 한 말을 나는 기억하고 있었다. 이건 시가 아니라고 한 말을.

나는 큰언니가 살다 간 삶의 두 배를 더 살고 있다. 삶과 죽음을 '두 배'라는 수치로 측량할 수 있을지는 모르겠지만, 아무것도 남기지 않은 채 떠난 그녀의 시간을 나는 살아가고 있다.

큰언니가 죽은 후 매일같이 찾아와 술을 마시고 장모요, 장모요, 어머니를 부르며 울다 가던 큰형부는 중동 건설현장에 노무자로 나간다고 한 후로 다시는 찾아오지 않았다. 그가 언제 돌아왔는지 알지 못한 채 세월이 흘러갔다. 결혼을 한 후 큰아이를 안고 본가로 여름휴가를 갔을 때 어머니가 김 서방이 주고 간 거라며 창고에서 복숭아를 한 소쿠리 담아 왔다. 겉이 쩍쩍 갈라진 천도복숭아며 껍질이 매끈한 수밀도며 알이 굵직굵직한 복숭아에선 단내가 확 풍겼다.

김 서방이 복숭아 농사를 크게 핸.

큰형부는 중동에서 벌어 온 돈으로 과수원을 샀고 결혼도 해서 아들을 둘이나 뒀다고 했다. 여름 한철 복숭아를 싣고 해안가 마을을 돌며 장사를 하는데 한 번씩 장인 장모 드시라고 복숭아를 한 자루씩 부려 놓고 간다는 것이다. 영해시장에서 만나기라도 하면 장모요, 하고 큰 소리로 부르며 어머니를 챙긴다고 했다. 도대체 언제 적 장모인가, 싶은 눈으로 나는 어머니를 쳐다보았다.

나를 잊지 않고 장모라 불러 주니 고맙지.

어머니의 얼굴은 평화로웠다.

창고엔 다 먹지 못한 복숭아가 쌓여 있었다. 벌레 먹기 시작하는 복숭아부터 골라 먹었는데도 그 여름엔 질리도록 복숭아를 먹었다.

큰언니의 남편이었던 큰형부의 이름이 무엇이었는지 기억나지 않는다. 어머니가 김 서방이라고 부르던 대로 그저 김 서방으로 저장되어 있을 뿐이다.

꺽다리에 얼굴이 길쭉한 말상, 당나귀 귀처럼 큰 귀를 가진 큰형부를 처음 봤을 때 내가 상상 속에서 만들어 낸 이미지와는 너무도 달라 실망스러웠다. 웃을 때마다 양쪽으로 크게 벌어지던 입속을 빤히 쳐다보며 눈알만 데굴데굴 굴리는 나를 보고 처제가 쪼끄맣네, 하고 말할 땐 깔보는 것 같아 얄밉기까지 했다. 사모관대를 쓰고 장가들러 우리 집 마당에 들어설 때 얼굴에 벌건 홍조가 일던 그를 나는 많이 좋아했었다. 그가 꼬박꼬박 경어를 붙여서 작은 처제요, 하고 부를 때는 부끄러워서 얼굴이 발갛게 되었다. 술에 취한 채 큰 몸을 건들거리며 마루에 앉아 울던 큰형부의 모습이 떠올라 복숭아를 먹을 때마다 가슴이 울렁거렸다.

10여 년 전에 어머니가 세상을 떠난 뒤로는 풍문으로도 그의 소식을 들을 길이 없다. 그는 아직도 고향에서 복숭아 농사를 짓고 있을까?

2부

엄마가 먹었던 음식을 내가 먹네

지난해 시월 제주도에 다녀왔다. 며칠 일정으로 일을
낀 방문이었는데 마지막 날 하루 개인 시간이 주어졌다.
멀리 떨어져 있어 늘 보고 싶은 막내고모나 친척들에겐
알리지 않았다.

곧 한번 다니러 갈게요.

한림에 살고 있는 사촌언니에게 약속한 것도 있는데
혼자 조용한 시간을 보내고 왔다. 친가와 외가가 제주도
지만 제주도엔 나의 유년이 없고 육지에는 일가친척이

없어 제주도 땅을 밟을 때마다 유목의 시간을 떠도는 것 같다. 나의 부모 역시 고향으로 돌아가지 못한 채 타향에서 생을 마감했다.

혼자 떨어져 평대리의 바다가 보이는 게스트하우스에 짐을 풀었다. 창문을 열자 비릿한 바다 냄새가 코를 확 찔렀다. 서둘러 겉옷을 챙겨 산책에 나섰다. 낯선 동네인데도 전혀 낯설지 않은 풍경. 아, 엄마 냄새네. 나도 모르게 툭 튀어나온 그 말에 목울대가 울컥 잠겼다.

어머니는 축산항에 정착한 제주 해녀 1세대였다. 쥐꼬리를 물고 풍덩 풍덩 바다에 뛰어들듯이 고향 섬에서 나왔다는 아버지의 얘기는 블랙코미디에서나 볼 수 있는 슬픈 우스갯소리였다.

자식새끼 먹여 살리젠 나왔주.

환청 같은 어머니의 육성이 되살아났다.

어머니는 1926년 모슬포에서 십 남매가 넘는 형제의 막내로 태어났다. 어머니의 말에 의하면 살아남은 형제는 반타작밖에 되지 않았다고 하니 내가 기억하는 외가 친척들은 몇 되지 않는다. 어머니가 어렸을 적에 부모님이 돌아가셨으니 나는 외조부모님 얼굴도 본 적이 없다.

어머니는 스무 살이나 터울이 지는 큰오빠의 손에서

조카들과 같이 자랐다고 한다. 열댓 살 무렵부터 물질을 배워 언니들을 따라 원산에도 가고, 오사카에서도 물질을 했다는 어머니의 몸에서는 늘 해초 같은 바다 냄새가 났다.

김해자 시인이 2012년에 출간한 민중열전 『당신을 사랑합니다』에는 내 어머니, 해녀 김석봉 씨의 약전이 담겨 있다. 김해자 시인이 나의 본가에 며칠 머물면서 녹취한 카세트테이프에는 내가 모르는 이야기들이 많았다. 자식을 무릎 앞에 앉혀 놓고 할 수 없는 가슴속 내밀한 얘기들. 감추고 싶어서가 아니라 입 밖으로 꺼낼 수 없어서 가슴속에 묻어 둔 말들. 카세트테이프에서 흘러나오는 어머니의 육성을 잊을 수 없어 쓴 글이 나의 첫 장편소설인 졸작 『숨비소리』다.

바람이 자고 파도가 잔잔한 날은 비가 오는 날에도 눈이 오는 날에도 어머니는 물질을 나갔다. 고무옷과 오리발, 납띠, 테왁망사리, 수경과 빗창, 족대기, 갈고리 등속의 연장이 든 물옷 보따리를 물허벅을 지듯 질빵으로 짊어지고 집을 나섰다.

우리 동네에서 물질하는 제주 해녀집은 열댓 가구였

다. 물질을 다닐 때도 물질을 나가지 않을 때도 해녀들은 형제지간들처럼 서로 의지하고 살았다.

삼춘, 뭐 핸 마씸.

어머니를 부르며 마당으로 들어서던 해녀 삼춘들의 목소리가 선연하게 떠오른다.

'삼춘'은 혈육지간을 부를 때도 쓰지만 흔히 '아주머니'와 '아저씨'를 부를 때 쓰는 제주도 방언이다. 현기영의 단편소설 「순이삼촌」의 '삼촌'도 먼 친척뻘인 아주머니를 이르는 말이다.

아버지는 동네 사람들과 어울려 배를 타면서 제주도 사투리를 심하게 사용하지 않았지만 어머니는 일상적인 용어나 어투도 제주도 억양이 심했다. 언어란 생활 습속에서 배어나는 것이라 물질로 먹고사는 해녀들은 공동체적인 일상 활동 안에서 고향의 습속을 쉬이 버리지 못했다. 육지 사람들에게 해녀는 이방인과 같은 존재였다.

부두의 여자들이 생활력이 강한 편이었지만 해녀들은 누구 못지않게 강한 생활력을 지녔다. 고무옷을 입었다고는 하지만 한겨울에 찬 바다에 들어가는 일은 아무나 할 수 있는 일이 아니다. 한겨울 추위에 물질을 하고 물 밖으로 나오면 턱이 덜덜 떨린다. 불턱이 있어야만 언

몸을 녹이며 고무옷을 벗을 수 있다. 불턱은 물질하고 나온 해녀들이 몸을 녹이기 위해 불을 피우던 곳을 이르는 제주도 방언이다. 사방이 트여 있는 바닷가에서 고무옷을 입고 벗는 일은 불턱을 중심으로 이루어진다. 불 피울 재료를 구할 수 없는 곳에서 작업을 할 때는 물옷 보따리에 잘게 쪼갠 장작을 짊어지고 가기도 한다.

세월이 지나 물질이 얼마나 혹독한 노동이었는가를 알게 된 후, 나는 자주 어머니의 숨비소리를 떠올리곤 한다. 누군가에게는 낭만적으로 보였을 풍경이 어머니에겐 절실한 삶의 형태였다는 것을.

바다 한가운데 부표처럼 둥둥 떠 있는 하얀 테왁, 자맥질할 때마다 솟구쳤다 사라지는 파란색 오리발, 검은 고무모자를 쓴 머리가 수면을 찢듯이 솟구쳐 오를 때 터지는 숨비소리.

숨비소리는 깊은 숨을 물고 자맥질하고 나온 해녀들이 참았던 숨을 뱉어 내는 날숨이자 생명의 소리이기도 하다. 어머니의 숨비소리는 길게 울어대는 휘파람새 소리를 닮았다. 휘이-잇, 휘이-잇. 바다에서만 그런 숨소리를 내는 건 아니었다.

어머니의 숨비소리는 평생을 물속에서 살아온 당신 삶을 길어 올리는 소리였다. 밭을 맬 때도, 무거운 물건을 들 때도, 속상한 일로 돌아앉을 때도 어머니는 휘파람새 울음소리를 냈다. 어두운 밤길을 걸어가며 내는 어머니의 숨소리를 떠올리면 영상처럼 어머니의 얼굴이 흘러간다.

쉰 살 무렵 벌써 틀니를 한 어머니는 메마른 몸으로 수압을 견디며 산 탓에 치아가 빨리 허물어졌다. 물질을 나가는 아침마다 밀랍을 녹여 귀마개를 만들던 어머니. 빳빳한 흰 약종이에 싸인 뇌신을 털어 넣던 어머니. 틀니를 빼면 볼이 홀쭉하게 꺼져버리는 아직은 젊었던 어머니. 마른 얼굴에 수경 테 자국이 남아 있던 늙은 어머니. 궂은 날이면 해진 고무옷을 땜질하던 어머니. 『당신을 사랑합니다』에 한 장의 기록으로 남은 사진 속의 어머니.

축산항은 내륙과 등짝이 붙어 있고 삼면이 바다지만 어머니에겐 섬 같은 곳이었다. 고향 바다를 떠나왔지만 벌어먹고 살 것이 물질밖에 없었던 어머니는 죽어서야 고무옷을 벗을 수 있었다.

　주인은 손님을 알아보지 못해도 손님은 단골이라 생
각하고 찾아가는 식당이 있다.

　영해시장 중앙통에 있는 B식당은 내가 단골이라 생
각하고 오래전부터 찾아가는 식당이다. 회 골목에서 썰
어 놓고 파는 회 한 접시를 사서 가면 회를 버무려 먹을
수 있게 싱싱한 물미역과 초고추장이 밑반찬으로 나온
다. 저렴한 백반 가격으로 푸짐한 한 끼 식사를 할 수 있
다. B식당의 밑반찬들은 내가 그리워하는 반찬들이다. 운

이 좋으면 걸쭉하게 곰삭은 꽁치젓갈로 무친 미역귀무침이 나올 때도 있다.

미역귀는 도시 시장에서도 쉽게 살 수 있지만 내 손으로 무치면 그 맛이 안 난다. 상에 깔리는 김치 종류도 전부 꽁치젓갈로 무친 것이다. 아지매 이거 꽁치젓갈로 무친 거 맞죠? 하고 물으면 무뚝뚝한 식당 아줌마는 꽁치젓갈 파는 식당에서 그거 말고 뭐를 쓰노, 라고 무심하게 대꾸한다. 밥을 먹고 나서는 작은 통에 담긴 꽁치젓갈도 한 통 사서 돌아오곤 했다.

미역귀는 반드시 꽁치젓갈로 무쳐야 내가 바라는 그 맛이 난다. 불린 미역귀를 먹기 좋게 한두 번 칼질해 썬 다음 꽁치젓갈에 고춧가루, 파, 마늘, 깨소금 양념으로 버무리면 미역귀에서 나오는 특유의 끈끈한 진과 함께 바다 냄새가 강하게 진동하는 맛이 난다.

B식당에 다녀온 지 벌써 4년이 되어 간다. 부모님이 돌아가신 뒤로는 여행 삼아 작정하고 나서지 않으면 갈 수 없는 먼 길. 마지막으로 찾아갔을 때 팔아서 유산을 정리해버린 우리 집은 다른 사람이 살고 있었다. 그새 골목길 풍경도 많이 변했다. 부모님에겐 제2의 고향이지만 일가붙이 하나 없는 그곳엔 이제 아무것도 남은 게 없다.

나는 예전부터 금의환향이란 말을 좋아하지 않았다. 아예 머릿속에 그런 단어는 염두에도 두지 않았다. 그곳과는 멀리, 가랑이가 찢어지도록 아주 멀리 달아나서 다시는 돌아오지 않는 게 소원이었으니까.

이제야 하는 말이지만 내 몸에 축적된 익숙한 것이, 낡아 가는 것이, 무게를 재지 않아도 되는 것이 고향이라는 생각이 문득 든다. 자연스레 몸의 기울기값이 그곳으로 늘어나는 걸 느끼고 있으니까. 어쩌면 다시 돌아갈 수 없다는 마음이 순정한 그리움을 키우는 것이리라.

미역은 찬바람이 불 때 채취한다. 우리 동네에서는 미역 양식은 하지 않았다. 오로지 자연산 돌미역이다. 가파른 해식애로 이루어진 동해안의 지형상 양식할 조건이 되지 않기 때문이다.

어머니는 미역 포자가 앉기 전에 짬부터 매러 나갔다. 바다에도 해녀들이 작업하는 '밭'이 있어서 그 밭을 '짬'이라 하고 풀을 매듯이 며칠 짬 매는 작업을 한다. 짬을 매 두면 그해에는 미역이 훨씬 잘 자라고 채취량도 많아진다. 미역은 당장 돈이 되는 작업은 아니지만 그해에 주요한 수입원이기도 해서 해마다 미역 채취 작업이 이루어졌다. 물미역을 건조하고, 보관했다가 시세가 좋을 때 중간상인에게 넘겼다.

집에는 늘 건조한 미역단이 쌓여 있었다. 반질반질 가 맣게 윤기가 흐르는 최상품의 미역은 보관이 관건이다. 방이 뜨거워도 안 되고, 바람이 들어서도 안 된다. 냉골에 담요를 깔고 비닐로 여러 번 싸서 미역에 붉은 기가 돌거 나 분이 피지 않도록 관리를 잘해야 한다.

미역은 주로 부엌 곁채에 보관했다. 백이삼십 센티나 되는 기다란 미역오리 수백 장이 방 하나를 다 차지하고 있었다.

미역을 채취하는 연장은 낫이다. 아버지는 시중에서 파는 낫을 사면 어머니 손에 꼭 들어맞게 손잡이를 다시 박았다. 고무옷이나 오리발, 수경 등속은 부산 공장에서 주문해 사용했지만 테왁망사리, 빗창, 족대기, 갈고리 등 속의 연장은 아버지가 만들거나 어머니 손에 맞게 고쳤 다. 테왁망사리에서 중요한 나무 태는 소나무를 깎아서 물에 담갔다가 부드럽게 휘어질 때 불을 쐬어 가며 궁굴 려서 둥근 '태'를 만들고 거기에 부표를 단 것을 제주어로 '테왁 또는 두렁박'이라고 부른다. 테왁에 그물로 짠 망사리를 단 것이 테왁망사리다. 아버지는 테왁망사리를 만드는 솜씨가 좋아 동네 해녀들이 아버지에게 부탁하기도 했다.

테왁망사리는 채취한 해산물을 담는 필수불가결한 도구이지만 해녀들의 안전 장비 역할도 했다. 물속에서 작업을 하다가 바다 한가운데서 잠시 끌어안고 쉴 수 있는 유일한 생명줄이기도 하다.

물미역 건조 작업은 가족 노동력이 총동원되는 일이기도 하다. 그날 채취한 물미역은 그날 손질해서 널어야 한다. 민물에 닿은 미역은 건조했을 때 상품 가치가 없어지기 때문에 채취한 대로 곧바로 작업해서 넌다. 건미역이 짭짜름한 것도 이 때문이다.

미역을 발에 모양을 지어 말리기 전에 일차적으로 하는 작업이 미역귀와 미역대를 잘라내는 일이다. 보통 잘라내는 대로 바다에 던져버리기도 하지만 반찬으로 먹기 위해 미역귀와 미역대를 말리기도 한다.

마른 미역귀는 달군 프라이팬에 식용유를 두르고 살짝 튀긴 뒤 설탕을 솔솔 뿌려서 부각처럼 먹으면 달고 맛있는 반찬이 된다. 나는 꽁치젓갈 넣고 무친 미역귀무침을 좋아했는데, 미역귀 말고도 잘라서 버리는 미역대도 내가 그리워하는 반찬 중의 하나다.

미역대는 미역귀와 붙어 있는 가장 억센 부분이다. 시중에서 파는 소금으로 염장한 파란 미역줄기와는 달리 말린 미역대는 거칠지만 특유의 감칠맛이 있다. 삼을 째듯이 뾰족한 창칼로 일일이 가늘게 째서 말린다. 바싹 말린 미역대를 물에 충분히 불렸다가 된장에 다진 마늘, 깨소금과 들기름만 넣고 순하게 무치면 그 맛이 일품이다. 말린 미역대는 영덕 지방 몇몇 곳 말고는 구경할 수 없는 찬거리다. B식당에서는 말린 미역대를 우엉조림처럼 조려서 밑반찬으로 내놓기도 한다. 미역대 된장무침은 아마 우리 집만의 반찬이었는지도 모르겠다.

미역대 된장무침을 한 번 맛본 김해자 시인은 입맛이 없을 때 가장 생각나는 반찬 중의 하나라고 말한다. 말린 미역대는 어머니가 살아 계실 때 해마다 빠지지 않고 보내주던 저장 식품 중의 하나였다. 나 혼자만 숨겨 두고 먹었던 반찬 맛을 제대로 알아주는 김해자 시인이 진짜 미식가인지도 모르겠다.

미역대는 된장무침 말고도 묵은 된장에 푹 묻어 두었다가 장아찌처럼 먹어도 좋다. 한여름에는 찬물에 밥을 말아 미역대장아찌를 올려놓고 씹으면 구수하다. 된장

본연의 맛과 가장 순하게 어울리는 바다의 맛이 미역대장아찌다. 어딜 가야 이 맛을 다시 볼 수 있을까.

보라성게와 말똥성게

보라성게

해녀들에게 바다의 꽃은 보라성게다. 여름이 제철인 보라성게는 검게 보일 정도로 진보랏빛이다. 가시가 날카로워 잘못 만지면 침을 맞는 것처럼 따갑다. 하지만 해녀와 해녀의 가족들은 아무렇지도 않게 다룰 줄 안다. 간혹 어머니가 따 온 산호초를 책상에 장식으로 올려놓고는 했지만 어머니에겐 하나 쓸데없는 꽃이 산호초였다.

7~8월에 산란하는 보라성게는 이때가 가장 알이 실

하다. 산란을 끝낸 보라성게는 겨우내 속이 비어 있기 때문이다. 우리가 흔히 알고 있는 성게 알은 성게의 생식소이다.

여름철이 되면 우리 동네 해녀들은 성게를 잡기 위해 주 무대인 동네 바다를 벗어나 반경 20~30킬로미터 거리의 바닷가 마을로 작업 구역을 넓혔다. 뒷산 목을 넘어가는 목넘어 동네나 강축도로 구간의 다불재를 넘어 다녔다. 여름방학 시즌과 맞아떨어져서 방학 때만 되면 온 가족이 성게 까는 작업에 동원되었다. 우리 집뿐만 아니라 제주집 아이들은 누구나 다 그 일을 피할 수 없었다. 고사리 손이라도 빌려야 할 농번기나 마찬가지였다.

아침 일찍 어머니가 물옷 보따리를 챙겨 집을 나선 후 점심때가 되기 전에 어머니 작업하는 바닷가로 가야 한다. 점심 도시락과 성게 까는 작업 도구들을 챙겨서. 입을 있는 대로 내밀고 인상을 잔뜩 쓴 채 따라갈 수밖에 없지만 피할 수 없으면 즐길 수밖에. 어머니가 오전 작업을 하고 나오기 전에 한바탕 물놀이부터 하고 본다. 입은 옷째 바닷물에 두세 번씩 들락거린 몸은 성게를 까는 동안 말라붙어서 겉옷에 소금 띠가 하얗게 앉곤 했다.

어디에서 물질을 하든 육지에서 작업을 해야 하는 곳은 그늘 하나 없는 땡볕이었다. 한낮의 벌건 해를 가릴 수 있는 거라곤 사방에 막대기를 세우고 친 천막 쪼가리 하나가 전부였다. 성게를 쌓아 두고 작업할 수 있는 편편한 돌이나 동네 방파제에서 작업할 때도 마찬가지였다.

어머니는 망사리 하나 가득 잡아 온 성게를 부려 놓고 고무옷을 입은 채 점심을 먹었다. 강된장을 푼 냉국에 밥을 말아 씹지도 않고 후루룩 마셨다. 입이 써서 밥맛이 없다고 했다. 밥보다는 밀가루 반대기를 즐겨 먹었다. 속을 든든하게 하는 밥 대용이다. 아침밥을 할 때 밀가루를 반죽한 다음 손바닥만 하게 반대기를 지어서 밥이 중간쯤 익을 무렵 얹어 쪄 냈다. 설탕도 이스트도 없이 수제비 반죽처럼 만든 것인데, 아무런 맛도 없는 그것을 여동생과 나는 한 입이라도 먹고 싶어 집적거리곤 했다.

어머니가 오후 물질을 하는 동안 오전에 잡은 성게 작업을 마쳐야 해 지기 전에 하루 일을 끝낼 수 있었다. 한 사람은 성게를 쪼갠다. 뾰족한 창칼로 성게의 입 부분을 정확히 맞춰 반으로 쪼개야 숟가락으로 알맹이를 파기가 쉽다. 언니와 동생과 셋이서 그 일을 해야 했다. 바닷물을 넉넉히 담은 양푼에 파낸 알이 그득하게 차면 물질을 마치고 나온 어머니가 얼맹이('체'의 제주 방언)에 받쳐 살살 일었다. 똥창은 버리고 알맹이만 모아야 팔 수 있었다.

얼맹이는 아버지가 만들었다. 전두리가 넓적한 양푼을 굵은 못으로 일정하게 구멍을 뚫었다. 성게를 파낼 때 쓰는 숟가락도 양철을 길쯤하게 오려내어 손에 쥐어도 아프지 않게 작은 꼬챙이를 박아 손잡이를 만들었다. 해녀들은 물질을 다닐 때 예닐곱 명씩 무리를 지어 작업을 했다. 이 집 저 집 온 식구들이 동원되어 성게 까는 작업을 할 때 모자라는 그릇을 빌려 쓰기도 하고, 작업이 일찍 끝난 집은 다른 집 일을 돕기도 하며 서로서로 품앗이를 주고받았다.

기와집 제주 큰할망네 집에 세 들어 사는 박 장군은 제주도에서 가장 늦게 합류한 젊은 해녀였다. 사내처럼 덩치가 크고 걸음걸이며 목소리도 남자처럼 괄괄해서 박 장군이라고 불렸다. 친정어머니와 어린 딸이랑 세 식구가 살았는데 할머니가 손녀딸을 데리고 다녔다. 성게 작업을 할 때는 할머니 허리에 긴 끈을 묶고 끈의 끝자락에 아이를 묶어 돌아다니지 못하게 했다. 자칫하면 바닷물에 빠질 수도 있으니 네댓 살짜리를 단속하는 방법은 그

수밖에 없었다.

방학 숙제에 빠지지 않고 등장하는 단골 메뉴 중의 하나가 일기쓰기였다. 강제로 써야 하는 일기는 내가 가장 싫어하는 숙제이기도 했다. 여름방학 때는 성게 까는 일밖에 특별한 일이 없었다. 지붕이 날아갈 만큼 바람이 불거나 하늘이 무너질 만큼 비가 쏟아지지 않는 한은 꾀를 피우거나 빠져나갈 구멍도 없는 여름날 하루하루는 지루하기 그지없었다. 일기쓰기 숙제는 개학 이삼 일 전에 몰아서 해치웠다. 예를 들면 초등학교 5학년 때의 일기는 이런 식이었다.

7월 27일 날씨: 맑음

나는 오늘 엄마가 물질하러 간 말발이라는 동네에 가서 성게를 깠다. 우리 집 뒷산을 넘어가야 하는 동네라 좀 멀었다.

7월 28일 날씨: 어제와 같음

오늘은 오메라는 동네로 성게를 까러 갔다. 말발은 목 넘어 동네고 오메는 다불재를 넘어야 하는 동네다. 제발 가까운 데서 엄마가 물질을 했으면 좋겠다.

8월 5일 날씨: 맑음

나는 오늘도 하루 종일 성게를 깠다. 성게 알을 꺼내다가 알이 부스러져서 후릅, 하고 입에 집어넣었다가 엄마한테 혼났다.

숙제 검사를 마친 선생님은 일기장으로 내 머리통을 치면서 왜 일기가 똑같냐고 물었다. 너는 성게 까는 일 말고 다른 일은 할 줄도 모르냐는 말도 안 되는 소리를 하며 한심해했다.

지금 생각해 보면 일기쓰기 숙제에 대한 저항 정도라면 말이 될까? 일기가 숙제라니. 남한테 보여주기 위해 쓰는 것이 일기가 아닌데. 사실을 썼을 뿐인데 이것밖에 할 게 없었냐니. 억울했지만 참았다. 성게 까는 고된 노동에 비하면 숙제 검사에서 받는 질책쯤이야 뭐.

여름 한낮의 뜨거운 땡볕, 소금꽃이 하얗게 핀 옷, 각다귀에 물어뜯긴 팔뚝의 벌건 자국, 그늘에 쪼그리고 둘러앉아 먹던 점심 도시락, 마침내 긴 해가 저물어 어둑발이 내릴 때 한 줄로 서서 걸어오던 좁은 벼랑길……. 돌이켜 보면 그것이 나의 문학적 자양분이 되었다는 고백은 뒤늦은 감이 있지만, 그보다는 무거운 납띠까지 든 물옷 보따리를 지고, 성게 알이 든 들통을 한 손에 꼭 쥐고 잰걸음으로 앞서가는 어머니를 뒤따라가다 보면 가슴이 조마조마했다. 어머니가 나무뿌리에 발이라도 걸려 넘어지면 하루벌이가 '도로아미타불'이 되기 때문이다.

하루 종일 죽도록 쪼그리고 앉아 열심히 파낸 성게 알은 공동 집하장에서 저울에 달아 그램 수로 값이 매겨졌다. 성게 알은 전량 부산을 거쳐서 일본으로 수출됐다. 두부를 만들 때 간수를 쳐서 멍울을 만들듯이 알코올 약품 처리를 해서 상하지 않도록 꼬들꼬들한 상태로 만들어서 말이다.

말똥성게

여름과 한겨울에 내 손바닥은 멍이 든 것처럼 진보랏빛을 띠었다. 학교에서 체벌을 받을 때 선생님의 말에 단번에 손을 내민 적이 없었다. 성게 까는 작업을 할 때 든 물은 쉽사리 빠지지 않았다.

니 손이 와 이렇노.

놀란 눈으로 묻는 선생님도 있었다. 중학생 때까지 그랬다.

어머니의 손은 손가락 마디가 뒤틀리고 울퉁불퉁했다. 기형적으로 휘어진 손가락 관절염 때문에 밤마다 끙끙 앓는 소리를 냈다.

말똥성게는 보라성게와는 달리 겨울이 제철이다. 잔가시가 촘촘한 게 생긴 것도 크기도 밤송이를 닮았다. 말똥성게는 '은단'이라고 불렀다. 네이버 지식백과에 따르면 성게 생식소를 일본어로 '우니'라고 하고, 한자로 雲丹(운단)이라고 표기한다. 성게는 일본으로 수출하는 품목이다 보니 중간업자가 '운단'을 '은단'이라고 부른 데서 은단이라고 굳어졌을 가능성이 농후하다.

말똥성게는 보라성게보다 작업할 수 있는 기간이 좀 더 길다. 겨울이 닥쳐오면 작업을 시작해서 이듬해 봄, 미역 채취를 할 때까지 간다. 말똥성게의 절정도 겨울방학과 맞아떨어진다.

어머니가 바다에서 작업을 할 동안 집에서는 바닷물을 길어 오는 게 가장 먼저 해 놓아야 할 일이었다. 그 일은 동생과 내 담당이었는데 리어카에 물통을 싣고 바닷물을 길으러 가는 건 가장 하기 싫은 일 중의 하나였다. 이끼가 앉은 바위를 잘못 디뎠다가 바닷물에 빠진 적도 있었다.

한겨울 밤에도 성게를 깠다. 어김없이 들어 있는 일기쓰기 방학 숙제에 '나는 오늘 또 성게를 깠다'라고 쓰고 싶었지만 쓰는 나도 지루해서 대신 거짓말로 일기장을 메우는 방식을 택했다. 순 거짓말에 사실 5퍼센트짜리 이야기. 거짓말로 만들어 낸 일기는 숙제 검사에서 무사히 통과됐다.

어느 해인가 크리스마스이브가 다가오던 겨울이었다. 내가 다니던 교회에선 성극을 준비하느라 연습이 한창이었다. 아기 예수의 탄생을 축하해 각종 보배를 들고 동방박사들이 베들레헴을 찾아가는 노래극이었다. 나는 자주 연습에 늦거나 빠져야 해서 안달이 났다.

초저녁부터 시작된 성게 까는 작업은 밤이 깊어서야 끝이 난다. 창고에 불을 피워 놓고 작업하기도 하지만 살얼음이 얼 정도로 추운 날에는 안방에 비닐을 깔아 놓고 온 식구가 둘러앉아 작업했다. 기회를 봐서 빠져나가야 하는데 도무지 틈이 없었다.

갔다 와서 하면 안 돼?

어머니를 조른다. 안 된다고 대답하면 할 수 없지만 어머니가 입을 꾹 다문 채 아무 말이 없으면 슬금슬금 눈치를 보다가 교회로 줄행랑을 쳤다.

내가 성극 연습을 갔다 오느라고 일감이 줄지 않았던 어느 날 밤, 우리 집 뒷골목의 초상집에 탈영병이 들이닥쳐 수류탄으로 자폭하는 사건이 일어났다. 집에서도 수류탄 터지는 소리가 들렸다고 했다. 초상집에서 줄초상이 났다. 마당에 천막을 쳐 놓고, 모닥불 주위에 사람들이 모여 있어서 사상자가 많았다. 초상집 허드렛일을 도와주러 갔던 같은 반 친구인 Y의 부모님 두 분이 한꺼번에 돌아가셨다.

너덜너덜한 창자가 빨랫줄에 걸렸다카데. 아이구야 하필이면 불빛이 번한 초상집으로 뛰어들 게 뭐 있노. 혼자서 멀리 가든지 하지.

온 동네가 발칵 뒤집혔다. 검은 군용 지프가 줄지어 마을로 들어오고 무장한 헌병들이 초상집을 새카맣게 막아섰다. 해안가를 둘러친 가시철조망 군데군데 설치된 초소에는 경계 병력이 추가되었다. 그러고도 그 사건에 대한 소문은 한동안 가라앉지 않았다.

어머니도 그날 밤 초상집에 조문을 가야 했지만 초상 당일이었던 그날은 성게 까는 작업을 하느라 다음 날 가기로 했다. 무엇보다 산 사람은 먹고살기 바빴으니까. 그날 잡아 온 성게는 당일 손질을 해서 납품을 해야지만 물건이 된다. 알이 자디잔 말똥성게는 손이 많이 가기 때문에 일이 더뎌 자정을 넘겨서까지 작업을 하기도 한다. 그러고 나서 그 밤에 물건을 집하장에 납품하러 가야 했다.

요행과 불행은 동전의 양면 같은 걸까. 졸지에 고아가 된 Y는 한동안 학교도 다니지 못했다. 맏이인 Y는 어린 동생들을 보살피며 친척집을 오가다 어찌어찌 중학교를 졸업하고 외지로 나갔다. 그 후로 Y의 얼굴을 보지 못했으니 그날의 일마저 아득한 옛일이 되었다.

보라성게는 노란 알이 굵고 단맛이 있는 반면 말똥성게는 주홍빛에 쌉싸래한 맛이 진하다. 씨알도 보라성게와는 비교할 수 없을 정도로 잘기 때문에 세심한 노동력을 요구한다. 말똥성게 잔가시가 박히면 바늘로 빼내지도 못한다. 가시가 박힌 채 며칠 쓰라리다가 저절로 삭게 내버려 두어야 한다.

미역이나 성게나 다 가족노동을 기반으로 이루어지는 일이었다. 내가 영덕 읍내에서 자취 생활을 하던 고등학교 시절, 그 일은 오롯이 아버지와 어머니 아직 집에 남아 있는 막내 여동생의 몫이 되었다.

아버지는 입맛이 없을 때 성게 내장으로 찜을 만들어 먹는 걸 좋아했다. 이 세상에는 없는 유일무이한 레시피. 오직 생산자만이 먹을 수 있는 찬이다. 보라성게보다는 말똥성게의 내장으로 만들어야 특유의 씁쓰레한 바다 향을 맛볼 수 있다.

성게 알을 얼맹이에 넣고 똥창을 일 때 얼맹이 밑으로 빠져나온 찌꺼기를 가라앉힌다. 웃물을 따라 버리고 남은 앙금엔 미세한 똥창 찌꺼기와 볼긋볼긋하게 으스러진 성게 알이 섞여 있다. 그걸 조심스럽게 떠서 스테인리스 국그릇에 담아 밥을 뜸 들일 때 그릇째 쪄 내는 것이다.

아버지가 찐 성게 내장을 한 숟갈 떠서 밥에 맛나게 비벼 먹는 걸 보고 나도 따라서 먹곤 했다. 짭짜름한 바다 향기. 심연 같은 깊은 바다의 냄새. 다시는 어디서도 맛볼 수 없는 그 맛이 세월 지날수록 새록새록 생각난다.

*
홍합

초등학교 5학년 때 부반장으로 뽑혔다. 남자는 반장, 여자는 부반장이 당연한 줄로 알던 시절이었다.

담임선생은 마흔 줄의 남자였다. 수염 자국이 거칠거칠한 얼굴에 술을 좋아해서 코끝이 늘 발갛게 물들어 있었다. 우리 학교로 부임한 지 3년밖에 되지 않았는데 체벌이 무섭기로 악명을 날리고 있었다.

학급 임원이 되면 학급에 찬조 물품을 내야 한다는 은근한 압박이 있었다. 아예 내놓고 강압적으로 선생님이 고지하기도 했다. 물뿌리개나 주전자, 컵 등속의 자잘한 항목들뿐 아니라 커튼이나 벽거울까지 말이 좋아 찬조였다.

나는 학급에 필요한 물컵 하나 사다 놓지 않고 시침을 뚝 떼며 버텼다. 어머니에게 말해 봤지만 아무 소용이 없었다. 학교에서 공부만 가르치면 됐지 뭘 가져오게 하느냐고 어머니는 말도 못 꺼내게 했다. 어머니 주머니에서 가욋돈을 타 내는 건 하늘의 별을 따는 것만큼이나 어려웠다. 군것질할 용돈은커녕 준비물을 가져가야 할 때도 제때 받아 본 적이 없었다.

부반장은 왜 아무것도 안 가져와? 그러고도 지가 부반장이야?

은근히 아이들 사이에서 쑥덕대는 말이 들렸다. 나의 자격지심인지는 모르겠지만 선생님은 내게 혹독하게 대했다. 우리 반 전체가 수난의 시대를 맞은 셈인데 그 하중은 내게 더 크게 느껴졌다. 자습 시간에 떠든 여학생들을 대표해서 뺨을 맞은 적도 있었다. 촌지는커녕 물컵 하나 사다 놓지 않다니. 교무실에 혼자 불려 간 적도 있었다.

니네 부모님은 뭐 하시노?

모 영화의 대사로도 유명한 이 말을 나는 그때 이미 들었다. 대표로 뺨을 맞았을 때보다 더 모욕적이었다.

1학기 중간쯤에 선생님이 가정방문을 시작했다. 종례 시간에 가정방문을 시작한다고 선포한 뒤부터 피를 말리는 시간이었다. 말하자면 선생님의 방식은 랜덤이었다. 오늘은 누구네 집을 갈 것인지, 몇 집을 방문할 것인지 지정하지 않았다. 준비된 집은 선생님을 대접하겠지만 우리 집 같은 경우는 준비된 것이 있을 리 없었다. 아버지가 고주망태가 되어 있을 수도 있었다. 행여 어머니가 버선발로 달려 나와 맞을 일도 없을 테고.

선생님이 가정방문을 하고 난 다음 날이면 교실은 꽤나 시끄러웠다. 누구네 집에선 선생님이 다과를 대접 받았다 하고 누구네 집에선 마당에 선 채로 몇 마디 얘기를 나누다 돌아갔다는 등의 얘기들.

우리 집을 알고 있는 반 아이를 앞세워 선생님이 찾아온 건 가정방문이 거의 마무리될 즈음이었다. 나는 마루에 앉아 있는 선생님을 보자마자 그대로 내뺐다. 혹시나 골목으로 들어서는 나를 봤을까 봐 가슴이 조마조마했다. 한참 골목을 돌다가 집으로 갔을 때 어머니가 선생님이 왔다 갔다고 무심한 어조로 말했다. 그날 선생님과 어머니 사이에 어떤 이야기가 오갔는지는 알 수 없고, 설령 어머니에게 어떤 이야기를 들었다고 해도 지금은 기억조차 나지 않는다.

다만 선생님이 다녀가고 며칠 뒤인 토요일에 홍합을 들고 선생님 집으로 심부름을 갔던 기억은 또렷하다. 물질을 갔다가 돌아온 어머니의 망사리에는 알이 굵은 홍합이 가득 들어 있었다. 어머니는 알의 형태가 다치지 않게 조심스럽게 굵은 놈만을 골라 깠다. 그러곤 홍합을 양푼에 소복하게 담아 선생님 집에 갖다주고 오라고 심부름을 시켰다.

이걸?

나는 입을 뽀로통하게 내밀고 물었다.

나가서 팔아 봐라. 다 돈이다.

싫어.

나는 도리질을 쳤다. 누가 이런 걸 해달라고 했나. 학급 물품 사달라고 할 땐 끄떡도 않더니 고작 홍합이라니. 전복도 아니고, 이까짓 홍합 따위를 선생님이 좋아할 거 같으냐고 소리치고 싶었다. 여차하면 그릇을 팽개쳐버리고 싶은데 어서 안 움직이고 뭐 하냐고 어머니가 소리를 질렀다.

치, 엄마는 아무것도 모르면서.

툴툴거리며 집을 나섰다. 선생님 집을 찾아가는 건 아무래도 내키지 않았다. 선생님이 어머니의 진심 같은 건 알아줄 것 같지도 않았다.

면사무소 출장소가 있는 신작로 초입에 선생님이 세들어 사는 집이 있었다. 혹시나 선생님과 마주치기라도 할까 봐 피해 다니던 길이었다. 파란색 페인트를 새로 칠한 선생님 집 쪽대문 앞에서 한참을 망설이고 있는데 주인집 할머니가 대문을 열고 나왔다. 할머니는 대뜸 나를 보자 선생님을 찾아왔느냐고 물었다. 고개를 끄덕이자 선생님은 식구들을 데리고 본가에 가고 그 집엔 아무도 없다고 했다. 할머니는 내 손에 들린 양푼을 보더니 안채 마루에 놓고 가면 전달해 주겠다고 했다.

양푼은 가져가야 하는데요.

내가 우물쭈물하며 말하자 할머니가 다시 집 안으로 들어가 양푼을 비워 주었다. 나는 빈 양푼을 들고 부리나케 그 집을 나왔다. 그뿐이었다. 홍합을 선생님네 식구가 먹었는지 어쨌는지는 모른다. 선생님으로부터 고맙다는 말을 들은 기억도 없다. 빈 양푼을 들고 돌아왔더니 선생님이 뭐라고 하더냐고 어머니가 물었다. 고맙다고 말하더라고 거짓말로 둘러댔다.

어머니가 잡아 온 홍합은 '열합'이라 불렀다. 경상북도 지역에서 자연산 홍합을 부르는 말이다. 강원도에선 '섭'이라고 부른다. 갯바위에 다닥다닥 붙어사는 알이 잘고 반질반질하게 검은색 윤기가 도는 홍합은 양식이 가능하며 도시에서 쉽게 만날 수 있다.

상경한 그해 겨울, 남산공원 올라가는 길에 포장마차에서 파는 까만 양식 홍합을 처음 봤다. 서울에서 나들이라고 처음 구경을 나간 곳이 남산이었으니까. 자연산 홍합은 껍데기에 패각과 해초가 덕지덕지 붙어 있고, 거의 어른 주먹만 하게 큰 것도 있다. 알맹이가 붉고 모양이 같아서 홍합은 홍합일 뿐이라지만 다 같은 홍합이 아니라는 말이다.

전복은 자연산도 양식도 똑같이 전복이라 부른다. 전복이라는 이름값을 하느라 옛날부터 홍합과는 비교할 수 없는 대접을 받았다. 전복은 제철이 따로 없지만 미역이나 다시마가 풍성할 때 실하게 살이 오른다. 성게 작업을 하거나 미역 작업을 할 때도 전복을 담을 수 있는 망사리는 테왁 옆구리에 따로 달고 들어간다. 전복을 채취할 때 쓰는 빗창은 아버지가 직접 대장간에 가서 어머니 손에 맞게 만들어 온 것이다. 끝이 넓적한 끌 같고 손잡이가 잘록한 빗창은 바위에 들러붙은 전복이나 홍합을 딸 때 사용한다. 홍합은 생선으로 치자면 잡어 축에 속하는 셈이다.

홍합엔 특유의 패류 독이 있다. 홍합을 잘못 먹었다가 큰 탈이 난 적이 있었다. 마당가에 심어 놓은 칸나 꽃이 붉던 여름이었다. 평상에 앉아 한 솥 삶아 낸 홍합을 식구들이 다 같이 까먹었는데 나만 탈이 났다.

홍합을 먹고 난 후에 배가 쌀쌀 아파 오기 시작했다. 저녁도 거르고 누웠다가 물을 한 그릇 마셨는데 그대로 토했다. 그때부터 토하면서 설사를 하고, 설사를 하면서 토했다. 그날 밤 꼬박 생고생을 하고 날이 밝을 무렵에야 나아졌다. 어머니가 밤새 뭔가를 달인 물을 먹였는데, 그게 무엇이었는지는 기억나지 않는다.

홍합은 삶아서 알맹이를 깐 뒤 줄에 꿰어 처마 밑에 걸어 두었다. 꾸들꾸들하게 마르면 물에 불렸다가 홍합죽도 쒀 먹고 미역국에도 넣어 먹었다. 전복도 줄에 꿰어 말렸지만 귀한 사람에게 선물로 보내기 위해 말리는 거였지 홍합처럼 아무 데나 굴리다가 반찬으로 먹지는 않았다. 전복은 물질하는 집이 아니면 쉽게 먹을 수 없었다.

홍합을 먹고 토사곽란으로 고생하고 난 뒤부터 나는 홍합을 먹지 않는다. 토사곽란으로 고생했던 것보다 선생님 집에 심부름 갔던 일이 더 끔찍한 기억으로 남아 있다.

7호선 국도가 지나가는 도곡리 간선도로변에 내가 졸업한 공립중학교가 있다. 면내의 여러 초등학교에서 모인 학생들 중에 축산항초등학교 출신이 압도적으로 많았다.

나는 버스로 통학했다. 10여 리 길인데 비포장도로에, 가다가 중간 마을에 있는 통학생들을 태워야 하는 버스는 느려 터져서 30분이나 걸렸다. 일주일 치의 버스 회수권을 살 돈을 받아서 한 귀퉁이를 떼어 군것질을 하는

데 써버리고 수업이 일찍 파하는 날엔 지름길인 산길로 걸어 다니기도 했다.

내가 중학생이 되던 해에 두발 자율화가 먼저 시행되고 졸업 후에야 교복 자율화가 되었다. 오랫동안 정형화된 일본식 교복의 마지막 세대다. 하복은 초록색 치마에 흰색 반팔 셔츠, 추동복은 검정색 바지와 재킷. 촌스럽기 그지없는 교복이었는데 같은 교복이어도 멋지게 입을 줄 아는 애들이 있었다. 아침마다 매번 다림질을 한다는 애의 교복은 엉덩이랑 무릎 선이 반들반들하게 빛이 났다. 허리나 어깨에 겉도는 부분 없이 딱 맞는 교복을 빼입고 오는 애들한테 눈길이 가기도 했지만 나는 멋을 부리는 데는 재주가 없었고, 그 방면엔 특히나 게을렀다.

중학교에 입학했을 때, 각 교과목마다 선생님이 다르다는 것이 무엇보다 신선한 충격이었다. 이상했던 건 남녀공학인데 보이지 않는 선이 있었다. 교무실을 가운데 두고 남학생과 여학생 교실이 갈렸다. 일단 건물 안으로 들어가면 여학생은 남학생 교실 쪽으로, 남학생은 여학생 교실 쪽으로 쉽게 넘나들지 못했다. 남녀 합반이었던 초등학교 때와는 달리 이성적인 양분이 뚜렷했다는 점이다.

학교는 산을 끼고 언덕 높은 곳에 있었다. 마을 안길로 난 후문과 달리 정문 앞의 길은 경사가 심해서 언덕길을 내려오면 바로 찻길이었다. 2018년에 출간한 졸저 『당신의 비밀』에 수록된 단편 「아무도 기억하지 않는 시간」의 배경이기도 하다.

중학교 졸업 이후 한 번도 모교에 찾아가 보지 않았다. 오랫동안 잊고 있기도 했다. 마음속에 접힌 시간의 층이 높아갈수록 세월의 무게를 실감하지만 현실의 접점이 없다면 그건 그대로 앉은 자리에서 제 그림자를 키우고 있을 뿐이다.

얼마 전 중학교 동창이 모교를 방문하고 찍은 사진을 휴대폰으로 보내왔다. 7회 졸업생인 우리들이 학교에 다닐 때 고만고만하게 어렸던 나무들은 둥치가 우람한 거목으로 변해 있었다. 그토록 푸릇푸릇 울창한 나무들의 그림자가 내려앉은 텅 빈 교정을 보고 있자니 옛일들이 홀로그램처럼 둥둥 떠서 흘러가기 시작했다.

왁자지껄했던 체육 시간. 모둠을 지어 한 조는 풀을 뽑고, 한 조는 테니스장의 바닥을 고르기 위해 무거운 롤러를 굴리기도 하며 학교를 다듬는 작업에 동원되곤 했다. 미술실에서 어둑해질 때까지 그림을 그렸던 S의 동그란 얼굴도 떠올랐다. 교실을 꽉 메운 열기와 뜨거운 숨소리, 막 피어나기 시작한 첫사랑, 어그러진 우정과 지금은 생각나지도 않는 자잘한 갈등, 성적에 대한 중압감……. 그 모든 일들이 텅 빈 운동장 속에 담겨 있었다.

S와는 초등학교와 중학교를 함께 다녔다. 중학교 1학년 때 S와 나는 한 반이 되지 못했다. 떨어지면 죽을 것 같은 일이 벌어진 것이다. 그래도 우리의 우정은 변함이 없어서 점심시간이면 도시락을 들고 만났다. 한번은 S가 우리 교실로 오고, 한번은 내가 S네 교실로 가곤 했다. 자연히 내 친구들의 무리 속에 S가 있었고, S의 친구들 무리 속에 내가 있었다.

그 시절, 도시락을 까먹는 점심시간이 없었다면 어떻게 학교를 다녔을까 싶다. 학교에 가면 점심시간이 되기만을 손꼽아 기다렸다. 한창 먹을 때이기도 했지만 누가 무슨 반찬을 싸 왔는지에 관심이 쏠리는, 반찬의 여부로 부끄러움을 알 때이기도 했다.

책상을 붙여 놓고 끼리끼리 모여 앉아 도시락 뚜껑을 열 때 도시락 뚜껑을 완전히 열지 않고 반만 연 채 밥을 먹는 아이도 있었다. 내륙의 아이들은 주로 농산물로 만든 반찬이 많았고, 해안가 아이들은 해물로 만든 반찬이 많았다.

　우리 집에서는 콩잎으로 장아찌를 담그지 않았다. 산골에 사는 친구가 도시락 반찬으로 싸 온 콩잎장아찌를 먹어 보고 나는 그 맛에 홀딱 반했다. 미역대장아찌를 좋아하는 내 입맛에 된장에 박은 콩잎장아찌는 묘한 감칠맛이 있었다. 내가 문어조림을 싸 갔을 때는 국물 한 방울 남지 않을 만큼 탈탈 털어 먹고 난 후에 처음 먹어 본다고 말하는 아이도 있었다. 준비해 둔 반찬은 없고 학교 갈 시간은 촉박한데 어머니가 전날 잡아 온 작은 돌문어 한 마리를 뚝딱뚝딱 썰더니 간장 두어 숟갈 넣고 설탕을 조금 뿌려서 자작하게 조려 도시락 반찬통에 담았다. 다른 반찬은 담을 새도 없이 그것 하나만 달랑 들고 갔다.

　이게 뭐야?

　쫄깃하게 조려진 문어를 한 점 먹어 본 아이가 물었다.

　낙지잖아.

　문어니, 낙지니 설왕설래하는 것을 나는 같잖다는 눈으로 지켜보고 있었다. 문어 맛을 처음 보다니.

　이게 문어지 낙지냐? 촌것들.

　문어 한 점을 입에 넣은 S가 작은 입으로 오물오물 씹으며 한마디 했다. 마치 펀치를 한 방 날리듯이 통쾌하게 말이다.

지병으로 신부전증을 앓던 S는 나이 마흔을 갓 넘기고 세상을 떠났다. S가 부산에 있는 산업체 야간고등학교를 다닐 때 휴가를 오면 우리는 또 중학생 때처럼 휴가 기간 동안 온종일 붙어 다녔고, 내가 고등학교를 졸업한 후에는 가끔씩 부산으로 찾아가서 만나기도 했다. 영원히 변치 않을 것 같던 우정은 서로 삶에 치여 시간이 흐르는 동안 가끔씩은 잊어버리기도 했다. 잊고 지내는 게 차라리 편하다 싶을 만치 S에게서 들려오는 소식들은 나를 아프게 하기도 했다.

S와 마지막 통화를 한 지 열흘쯤 뒤에 S의 장례식을 치렀다는 소식을 전해 들었다. 무슨 소리냐고, 곧 내려가서 S를 만나기로 약속했는데 이런 법이 어디 있냐고 뒤늦게 S의 부음을 전하는 S의 오빠에게 울면서 소리쳤다. 내가 사는 일이 만만치 않아 병문안을 하루 이틀 미룬 새에 S는 말없이 세상을 떠나버렸다.

S의 엄마가 걸핏하면 아삼륙으로 쳐붙어 다닌다고 소리치던 일들이, 도시락을 들고 서로의 교실을 넘나들

었던 일들이, 날이 어둑해질 때까지 미술실에서 그림을 그리는 S를 기다렸다가 함께 막차를 타고 집으로 돌아오곤 했던 일들이 S가 떠난 뒤에야 가슴에 사무쳐 왔다.

S가 죽은 그해 겨울, 부산의 한 추모원에 안장된 S를 찾아갔다가 올라오던 날 서울에 첫눈이 내렸다. S가 좋아하던 눈이었다.

그 후로도 어쩌다 한 번씩 어머니가 잡아 온 작은 돌문어로 도시락 반찬을 싸 가 친구들의 환심(?)을 샀다. 소시지 반찬 한번 예쁘게 싸 간 적이 없었지만, 도시락 뚜껑을 열 때마다 조금씩은 긴장했던 그 시절의 친구들은 어디서 어떻게 살고 있을까. 텅 빈 운동장 가녘으로 군데군데 풀이 돋아나 있는 모교를 사진으로 보면서 코끝이 시큰해졌다.

*

우뭇가사리와 우무묵

어린 시절 나는 잔병치레가 잦았다. 여덟 살 무렵에 크게 한 번 앓느라 초등학교 입학도 한 해 늦게 했다. 초등학교 6년 동안 드문드문 잔병치레를 하느라 개근상은 한 번도 받지 못했다.

허벅지 윗부분에 가래톳이 생기는 걸 '말이 섰다'라고 하는데, 해 걸러 한 번씩 말이 서서 며칠씩 끙끙거리며 드러눕곤 했다. 요즘은 감기만 걸려도 병원을 이용하지만 예전엔 큰 병이 아닌 이상 민간요법으로 달래는 게 우선이었다.

사타구니께에 볼록하게 멍울이 잡히면 몸에 열이 오르기 시작했다. 말랑거리던 멍울이 점점 넓게 번지면서 딱딱해지면 걷는 것도 힘들었다. 어머니는 동네 집집을 돌아다니며 선인장을 구해 왔다. 둥근 선인장에 박힌 가시를 발라내고 돌확에 짓찧어 흰 천에 골고루 펴 바른 뒤 사타구니에 처매 주었다. 그때부터 누워 지내기 시작했다.

마른 천을 풀고 선인장을 다시 찧어 바르기를 몇 번 반복하다 보면 멍울이 삭아 가면서 열도 내렸다. 멍울이 삭을 때는 사타구니가 가려워 견딜 수 없었다. 꼼짝없이 마루에 누워 가려운 사타구니 사이에 손가락을 집어넣고 긁으면 손톱에 염소 똥처럼 바싹 마른 선인장 찌꺼기가 묻어 나왔다.

희한하게도 가래톳은 여름만 되면 도졌다. 가래톳 앓던 생각을 하면 우무 솥에서 끓어오르던 열기가 떠오른다. 가랑이를 쩍 벌리고 마루에 누워 마당에 들끓는 열기를 바라보다 까무룩 잠이 들곤 했다. 잠에서 깨어 보면 마당 한편 그늘에서 아지랑이처럼 울렁울렁한 열기가 솟아나는 게 보였다. 연탄 화덕에 올려놓은 솥이 끓고 있었다.

센 불에 화르르 끓여선 안 되는 게 묵이다. 우뭇가사

리는 일정한 불기운으로 오랫동안 고아야 한다. 우뭇가사리가 녹을 정도로 고아지는 동안 미열이 남은 상태로 자다 깨다 하다 보면 허공에 떠 있는 것처럼 열기가 들끓고 있는 마당이 비현실적으로 느껴졌다.

우뭇가사리는 여름이 제철이다. 봄에 이파리가 돋기 시작해서 여름에 한창 자란 것을 채취하는 갈색 해조류다. 우뭇가사리는 동네 해녀들이 모여 며칠만 채취하면 작업이 끝난다. 이때는 우뭇가사리를 거둬 가는 중간업자가 동네에 들어와서 며칠 묵는 시기이기도 하다. 물질에 한 번 들어가면 해녀들마다 망사리가 미어터지도록 잡아 올린다.

몽둥이처럼 생긴 긴 대저울 끝에 달린 갈고리를 망사리에 끼워 들어 올리면서 저울추를 더하거나 빼며 대저울이 수평이 되면 눈금을 읽는다. 대저울을 어깨에 받치고 무거운 망사리를 들어 무게를 재는 남자의 얼굴 근육이 일그러지며 눈썹까지 파르르 떨리는 걸 볼 때마다 내 미간도 같이 움찔거렸다. 해녀들의 목소리가 높아진다. 저울추를 똑바로 올려라, 왜 제대로 재지도 않고 내려버리느냐, 눈금 좀 제대로 읽어라…….

바닷가 돌밭을 뒤덮은 우뭇가사리는 여름철 뜨거운 볕에 말라 간다. 해가 지면 갈퀴로 마른 우뭇가사리를 거둬 커다란 부대자루에 담는다. 다음 날 다시 부대자루를 풀어 물기가 바싹 마를 때까지 완전히 말린다. 한천의 원료인 우뭇가사리는 화장품을 만드는 공장으로 팔려 나가기도 하고, 묵을 만드는 공장으로도 간다. 해녀들의 집집마다 말린 우뭇가사리를 담아 놓은 작은 부대자루 한두 개씩은 창고에 쟁여져 있다. 미역처럼 모양을 지어 부서질세라 조심해 가며 보관하지 않아도 된다. 소금기가 묻은 채 말랐으니 쉬이 썩거나 곰팡이가 피지도 않는다.

어머니는 해마다 묵은 우뭇가사리로 묵을 만들었다. 하얗게 바랜 우뭇가사리를 하룻밤 내내 물에 담가 불린다. 불린 우뭇가사리는 빨랫방망이로 야들야들해질 때까지 두들겨 가며 물을 갈아 준다. 채취할 때 뿌리에 붙은 이끼나 패각 쪼가리들이 떨어지도록 충분히 다듬어서 순수한 우뭇가사리만 남을 때까지 빨래하듯이 손질해야 맑고 깨끗한 묵이 나온다.

우뭇가사리를 달일 때 중요한 건 물의 비율이다. 우뭇가사리의 열 배에 가까운 물이 들어가지만 어디까지나

눈대중으로 맞춘다. 정량적 비율이란 오로지 몸에서 우러나온 오랜 경험으로 묵의 탄력이 결정된다.

우뭇가사리를 형체가 없어질 정도로 오래 달이는 동안 이윽고 해가 저문다. 해가 져도 마당에는 한낮의 뜨겁던 열기가 미열처럼 그대로 남아 있다. 어머니는 커다란 양은 다라이에 나무 막대를 두 개 나란히 걸쳐 놓은 뒤 둥근 체에 달인 우뭇가사리를 거른다. 체에서 떨어지는 점액질의 고운 액체가 그대로 식어서 굳으면 탱글탱글한 우무가 완성된다.

우무가 굳어지는 시간은 기다림이다. 들끓던 열기가 빠져나가고 마침내 차갑게 고요해지는 시간. 우무가 굳으면 칼로 모를 내어 찬물을 부어서 서늘한 곳에 놓아두고 물을 갈아 가며 보관한다. 집에 냉장고가 없던 시절의 보관법이다. 우무묵은 번거로운 수고가 들어가는 식재료라 한번 만들면 골목 이웃들과 나눠 먹는다. 탱글탱글한 묵 한 덩어리가 올라간 그릇을 들고 집집을 도는 심부름은 내 몫이기 십상이다.

엄마가 만든 거예요. 한번 먹어 보라고 해서 가져왔어요.

빈 그릇을 돌려받자마자 부리나케 돌아 나온다. 뭘 빌

리러 가거나 주러 가거나 간에 심부름은 늘 어려운 숙제 같았다.

우무묵 자체는 특별한 맛이 없다. 밍밍한 해초 냄새가 날 뿐 양념 맛이 반이다. 강냉이가루로 만든 올챙이묵처럼 재료 본연의 그 맛이다. 간장에 갖은 양념을 해서 채 썬 우무묵에 끼얹고 시원하게 펌프로 퍼 올린 물을 섞으면 그만이다. 씹을 새도 없이 후루룩 넘어가는 우무묵 한 그릇으로 입맛 없을 때 더위를 달랬다.

앓고 난 뒤에 먹은 우무냉국 맛은 지금도 그립다. 어머니가 쑤어 주던, 어머니 손맛이 더해진 양념 맛이 밴 우무묵. 한여름의 뜨겁고 질긴 볕에 우무 솥이 끓어오르던 그 열기 속에서 가래톳이 삭아 가며 내 뼈와 살이 자랐다.

*

참도박

참도박

태
풍
이 오
는
계
절

  태풍이 오면 천지를 집어삼킬 듯 바다가 하얗게 뒤집
어졌다. 태풍주의보가 내려 조업을 나갔던 아버지의 배
가 한밤중에 쫓겨 들어오는 일도 있었다. 지붕의 서까래
가 빠져 달아나고 점방 처마에 걸린 양철 간판이 떨어져
날아다녔다. 부두에 매어 둔 배들이 키질을 당하듯 널을
뛰고 갈매기들조차 바람을 이기지 못해 끼룩거리며 한
방향으로 날아갔다.

  방문을 꼭 닫고 있어도 방문이 덜컥거리는 소리가 멈

추지 않았다. 아버지가 손수 지은 집은 나중에 안채 마루
에는 유리문을 달았고, 아래채와 부엌 옆의 곁채에는 덧
문을 달았다. 미닫이문 바깥에 여닫이 덮개 문을 단 이중
문 형태였다. 덮개 문이 바람에 날아가지 않도록 양쪽에
줄로 묶어서 단속하곤 했다.

아버지와 어머니는 비바람을 뚫고 비설거지를 하느
라 마당을 뛰어다녔다. 자칫하면 지붕이 날아갈까 지붕
위로 올라가 두꺼운 밧줄을 내려 돌멩이에 묶어 놓았다.
해안가의 집들은 지붕마다 거먼 폐타이어들로 드문드문
눌러놓은 걸 볼 수 있었다. 방파제를 넘어온 집채만 한 파
도는 동네를 삼킬 듯 거셌다.

세상의 종말이라도 닥친 듯 사나흘씩 계속되던 큰 태
풍이 지나가고 나면 언제 그랬냐는 듯 바다는 고요해졌
다. 천연덕스러울 정도로 반들반들 빛나는 수면 위로 칼
로 그은 듯 선명한 수평선을 보노라면 태풍이 다녀간 게
거짓말 같았다.

태풍이 거의 잦아들 무렵이면 목넘어 바닷가로 어른
아이 할 것 없이 온 동네 사람들이 몰려나왔다.

지난밤의 태풍이 얼마나 거셌던가는 해변으로 수북

하게 밀려온 찢어진 어구들, 스티로폼 따위의 온갖 쓰레기와 해초들을 보면 알 수 있었다. 쓰레기들 사이에 미역, 우뭇가사리, 청각, 참도박 같은 해초들이 쓸려 올라왔다. 비옷을 입고 바구니를 든 사람들이 흩어져 쓸려 온 해초들을 바구니에 주워 담았다. 긴 장대 끝에 족대기나 갈고리를 걸어 파도에 밀려왔다 멀어지는 미역줄기를 건져 올리는 사람들도 있었다.

태풍 때문에 꼼짝 없이 집 안에 갇혀 있다시피 한 아이들에게 해초 줍기는 즐거운 놀이였다. 아이들은 발목에 와서 하얗게 부서지는 파도에 덤벙거리며 눈밭을 뒹구는 강아지들처럼 뛰어다녔다. 해초를 줍는 일은 다른 사람들에겐 큰일이었을지 모르지만 우리 집에서야 아쉬울 게 없는 것들이었다.

태풍이 몰려 있는 그맘때, 물질을 가지 못해서 집안일을 몰아 하는 어머니가 자주 해 주던 음식이 범벅이었다. 호박범벅이나 감자범벅, 콩범벅도 많이 먹었지만 어머니는 도박으로 만든 해초범벅을 즐겼다.

이 글을 쓰면서 '도박'이라고 인터넷에 쳐 봤더니 걸리는 카테고리라고는 온갖 도박(賭博)에 관한 정보뿐이었다. 여동생에게 긴급하게 도움을 요청했다.

우리 어릴 때 도박범벅 많이 먹었잖아. 생각나니?

당연하지. 그거 엄마가 잘해 줬잖아. 나, 그거 참 좋아했는데.

여동생은 입맛을 쩝 다시며 말했다.

나도 좋아했어. 특유의 상큼한 식감이 있었어. 그런데 아무리 도박을 찾아봐도 보이는 게 없네. 우리가 먹었던 도박의 이름이 도박이 맞을까?

글쎄…….

느닷없이 옛 기억을 들춰내는 나의 의문을 몇 분 후 여동생이 풀어 주었다.

여동생은 인터넷에서 찾아낸 블로그 사이트 한 곳을 내게 보내주었다. 거기 적시된 '참도박'이라는 학명과 자생 정보를 훑으면서 혼자 고개를 끄덕끄덕했다. 우리나라 제주도와 동해안 일원, 일본에 주로 서식하는 참도박의 특별한 효능에 관한 연구 논문도 있었다. 하지만 식용법에 대한 자료는 아직 보지 못했다. 접착제를 만드는 재료로 사용한다거나 황토 집을 지을 때 접착력을 높이려고 썼다는 내용도 눈에 띄었지만 우리 동네에서 도박을 접착제나 그 비슷한 용도로 사용하는 걸 보지 못했으니 의외의 용도라 할 수 있겠다.

참도박은 잘 알려지지 않은 생소한 해조류다. 어릴 적에는 도박이라는 해조류가 어디에나 흔하고 누구나 다 아는 해조류인 줄 알았다. 당연하게도 집에서 음식으로 만들어 먹던 해조류였으니까. 생선으로 치자면 잡어 같은 수준이어서 김이나 미역, 우뭇가사리 같은 취급은 받지 못했다. 별반 쓰일 데가 없었고, 판로도 딱히 없었다.

어머니는 도박으로 해초범벅을 만들 때 억세서 식감이 나쁜 건 버리고, 여리고 보들보들한 것만 골라 사용했다. 우리가 떡도박이라고도 불렀던 참도박은 미끈미끈하고 생으로 씹어도 단맛이 났다.

떡도박을 깨끗이 씻은 후 밀가루를 묻혀 뭉근하게 달아오른 솥에 넣고 마른 밀가루를 뿌리면서 밀가루가 엉기지 않게 주걱으로 잘 치대 준다. 떡도박의 물기가 마른 밀가루를 뭉치게 하고 찰기를 더해 준다.

설탕을 뿌렸던가? 알맞게 간이 밴 도박범벅에 살짝 단맛이 있었다. 촉촉하고 보슬보슬한 범벅 한 덩이를 손에 들고 한 입 베어 물면 해초가 씹히면서 향긋한 바다 냄새가 났다.

양화대교가 보이는 양평동 사거리에서 빈대떡집을

하고 있는 고향 친구 K는 도박범벅 얘기를 하자 웃으며
맞장구를 쳤다.

그래, 우리 어릴 때 해 먹었지. 커서는 먹어 보지 못
했어.

K는 여름날 친구들과 죽도산 뒤쪽 바닷가 돌밭에서
도박범벅을 해 먹었다고 회상했다. 솥단지를 걸어 놓고
도박을 뜯어 집에서 몰래 내온 밀가루로 범벅을 해 먹느
라 고생했단다. 불은 마음대로 들지 않지, 솥은 그을음이
올라와서 가맣게 타고 밀가루는 잘 풀어지지도 않아 떡
이 되었다고 말하며 웃었다.

참도박의 존재를 모르는 사람들에게 도박으로 범벅
을 해 먹었다고 말하면 잘못 들은 말인 줄 알고 되물을지
도 모른다.

도박범벅이라고?

해초범벅은 바닷가에 살았던 우리들만의 음식이었는
지도 모른다.

몇 년 전 KBS1TV 〈다큐멘터리 3일〉에 축산항 편이 방영되었다. 텔레비전 화면을 통해 낯익은 골목골목들이 비춰질 때 지나간 시간들이 파노라마처럼 펼쳐진다는 말뜻을 실감했다. 카메라의 움직임에 따라 내 기억의 회로가 풀리기 시작했다.

저 골목 끝에는 조그만 혹부리네 점방이 있었어. 나는 화면에 나타나지 않는 점방 문을 열고 가게 안으로 들어간다. 손에는 한 귀퉁이가 멜라진('찌그러지다'의 제주 방언) 주전자가 들려 있다. 점방 안쪽의 쪽방 문이 열리고 한쪽 턱 밑에 커다란 혹이 달린 할머니가 나온다. 또 술 받으러 왔나. 나는 주전자를 내민다. 할머니는 긴 자루가 달린 됫박을 항아리 깊숙이 넣어 휘휘 저은 다음 한 됫박 떠서 주전자에 담는다. 주전자 8부까지 술이 찬다.

카메라는 뒤로 물러나 좁은 골목을 따라 부두로 나간다. 골목 입구에 센추리미장원이 보인다. 이번엔 카메라가 미용실 문을 열고 직접 가게 안으로 진입한다. 어머니와 우리 식구들이 단골로 다니던 미용실의 주인아줌마가 화면에 나타난다. 둥글넓적한 얼굴에 짧은 커트머리, 큰 눈에 웃으면 보조개가 살짝 파이던 삼십 대 초반의 아줌마는 거의 노인에 가깝다. 파마를 말 때마다 막걸리 한 잔은 마셔야 손이 풀린다며 미용실 손님들과 술잔을 기울이기 좋아하던 아줌마. 낮아진 처마와 기울어진 문짝, 오래된 집기들을 특종을 잡은 것처럼 비추는 카메라…….

항공 촬영한 전체 컷이 화면 가득 들어오며 엔딩 자막이 올라갈 때까지 나는 움직이지도 않고 텔레비전 앞에 붙어 있었다. 천혜의 지리적인 조건을 갖춘 동해안의 작은 어항. 과연 저곳에서 내 뼈와 살이 단단해졌단 말이지 싶었다.

텔레비전에 방영된 그 당시에도 제주 1세대 해녀들 중에서 자녀들에게 물질을 가르쳐 직업으로 물려준 집은 단 한 집도 없었다. 하도 어렵고 고된 일이라 나는 저승밭에 가서 고생하더라도 내 자식한테만은 안 물려주고 싶다고 어머니는 말했었다. 그러고도 어머니는 말년에 병석에 눕기 직전까지 바다에 들어갔으니 팔십 평생 타향에서 물질만 했던 사람이다.

내가 결혼하던 해 어머니는 벌써 예순 중반이었지만 왕성하게 물질을 하던 때였다. 가장 젊은 축에 속했던 박장군이 딸아이와 어머니를 데리고 고향으로 돌아간 뒤, 더 이상 축산항에 젊은 해녀는 들어오지 않았다.

신혼여행지에서 돌아오는 도중 본가에 들렀을 때 어머니는 물질을 나가고 없었다. 남편과 함께 어머니가 작업하고 있는 방파제 근처로 마중을 나갔다. 삐죽삐죽 솟은 삼발이(테트라포드) 위에 올라서자 작업하는 몇몇 해녀들의 모습이 가깝게 보였다. 잔잔한 수면이 반짝거리는 볕 좋은 가을날의 오후였다. 나는 손가락으로 어머니가 저기 있다고 가리켰다. 남편은 어떻게 물속에 있는 어머니를 알아볼 수 있느냐고 했다.

방금 전에 숨비소리 들렸잖아. 못 들었어?

내 말에 남편은 한쪽 귀를 바다 쪽으로 내민 채 집중했다. 이곳저곳에서 자맥질하고 올라오는 해녀들이 내뿜는 숨비소리가 들려왔다.

내 귀엔 다 똑같은 소린데.

나는 웃으며 말했다. 우리 엄마 소린데 그걸 왜 모르겠느냐고.

맞지? 우리 엄마.

잠시 후에 삼발이 위에 올라선 우리를 알아본 어머니가 위험한데 왜 거기 서 있느냐고 소리를 지르며 다가왔다.

남편은 해녀가 작업하는 모습을 처음 본다고 했다. 물질을 마친 해녀들이 육지로 올라왔는데도 어머니를 알아보지 못했다. 남편의 눈엔 고무옷을 입고 있는 해녀들의 모습이 다 똑같아 보였다고 한다. 그뿐만 아니라 어머니가 하는 말도 중간중간 알아듣지 못해 내게 무슨 말씀을 하시는 거냐고 되묻기까지 했다.

고향을 떠나온 지 수십 년이 지났지만 어머니는 제주도 말에서 벗어나지 못했다. 육지 사람들과 어울릴 땐 경상도 방언을 섞어 쓰기도 했지만 해녀들끼리 모여서 작업을 하러 다닐 때는 100퍼센트 제주도 말을 구사했다. 나는 아버지나 어머니가 하는 말을 알아듣지 못한 적은 한 번도 없었다.

본가에서 학교를 다니던 어린 시절, 한번은 마당에서 콩 타작을 하고 있는데 친구들이 놀러 가자고 우리 집으로 찾아왔다. 언제 빠져나갈까 어머니의 눈치를 보며 사방으로 튀어 나간 콩을 줍고 있는데 어머니가 소리쳤다.

코컬히 주서라게.

나를 도와 콩을 줍던 친구들이 눈을 동그랗게 뜨고 저게 무슨 말인가, 하고 생각하던 눈치더니 키들거리며 웃기 시작했다.

야, 니네 엄마 말은 하나도 못 알아듣겠다. 저게 무슨 말이고.

나는 큼큼 목소리를 가다듬고 깨끗이 주워라, 하고 마치 동시 통역사처럼 말해 주었다. 가끔씩 어머니의 말을 채록해서 남기고 싶다는 생각을 하곤 했지만 김해자 시인이 한 시간 반 분량을 녹취한 카세트테이프에 담겨 있는 내용이 전부다. 그 테이프마저 내 손에 있는 것이 아니어서 지금은 행방을 알 길이 없다.

그날 어머니는 사위를 위해 물질을 갔던 거라고 했다.

망사리를 풀자 사위 몫으로 남겨 온 전복과 성게, 군소도 몇 마리 보였다. 남편은 전복이야 먹어 보긴 했지만 생전 먹어 본 적 없다는 성게까지 '그림의 떡'이었던 해산물을 실컷 먹었다.

당신은 이런 것들을 먹고 컸다는 거잖아.

남편은 앉은자리에서 살아 꿈틀대는 전복을 입안에 넣고 씹으며 그 맛을 음미했다. 성게를 까서 몇 줄기 훑어 온 생미역에 싸 먹는 맛도 일품이었다. 입안에 깊은 바다 향이 도는 건 처음이라고 했다.

남편이 나고 자란 충청도의 시댁 앞은 거대한 염전이었다. 갯고랑을 따라 서해의 바닷물이 드나들던 곳. 그곳에서 시아버님은 염부로 한평생을 살다 가셨다. 내가 결혼했을 때 염전은 푸른 벼들이 일렁이는 논이 되어 있었다.

남편은 그곳에서 성장기를 보내고 상경하여 서울에서 청년기를 보냈으며 결혼 전에 경상도 지역이라곤 부산 관광을 다녀온 게 전부라고 했다.

대체 이게 뭐야?

군소를 처음 본 남편은 외계 생물을 만지듯 꿈틀거리는 군소를 손가락으로 찔러 보며 이맛살을 찡그렸다.

군수야, 군수.

이장, 면장, 군수 할 때 그 군수?

나는 고개를 끄덕였다.

경상도 지역에선 군소를 군수라고 부른다. 군소의 머리에 나 있는 더듬이가 토끼의 귀와 닮았다고 해서 영어로는 바다의 산토끼(Sea hare)라고 명명한다. 잔뜩 몸을 웅크리고 있는 아주 작은 검은 토끼를 닮긴 했다. 자세히 보면 검은색에 가까운 검보랏빛이다. 손으로 집으면 물컹한 게 거대한 민달팽이를 만지는 촉감이다. 근해의 바위틈에 많은데 움직임이 둔해서 아이들도 쉽게 손으로 잡을 수 있다. 내가 어릴 적에는 군소를 잡으면 가지고 놀다가 바다에 던져버렸다. 군소를 만진 손바닥에는 보랏빛 물이 진하게 남았다.

먹는 거야?

남편이 물었다.

그럼, 삶아서 초장에 찍어 먹으면 얼마나 쫄깃하고 맛있는데.

호기롭게 대답한 나는 얼른 데쳐 내어 먹어 보라고 권했다. 군소 맛을 처음 본 남편은 해산물 같지 않은, 어디서도 먹어 보지 못한 애매한 맛이라고 품평했다.

배를 갈라 실오라기처럼 엉겨 있는 내장을 제거하고 끓는 물에 살짝 데쳐 내면 군소는 부피가 3분의 1로 줄어든다. 예전엔 영해시장에서 삶은 군소를 대꼬챙이에 끼워 팔기도 했는데 지금은 쉽게 찾아볼 수 없어 아쉽다.

*
강조밥

내가 콧물을 찔찔 흘리며 다니던 어린 시절, 해마다 부두에선 풍어제가 열렸다. 마을의 안녕과 만선을 기원하는 굿판! 한곳으로 몰려가는 사람들을 따라 길 잃은 아이처럼 휩쓸려 가곤 했던 기억이 어렴풋하다.

알록달록한 천을 휘두른 무당패가 두 손을 높이 쳐들어 요령을 흔들고, 징과 꽹과리, 장구를 울리며 한판 굿을 벌이던 부둣가는 언제 그랬냐는 듯 말끔하게 새 단장이 되었지만 떠난 사람들은 돌아오지 않았다.

나는 고등학교를 끝으로 본가에서 떠나왔다. 그러곤 다시 그곳에서 산 적은 없다. 세 살 터울이지만 1년을 묵고 입학하는 바람에 나와 초중고교를 2년 선후배로 다녔던 막내 여동생까지 집을 떠나온 후에는 20년이 넘게 부모님 두 분만 그곳에 남아 있었다.

한 번씩 본가에 다니러 갈 때마다 동네는 변심한 연인처럼 낯선 얼굴을 하고 나를 맞았다. 우체국 옆 공더에 저층 아파트들이 생겨나기 시작했고, 해변엔 모텔과 펜션 들이 들어섰다. 강축도로가 오션블루로드로 개발되면서 종착지인 축산항의 죽도산은 가장 큰 변화를 겪었다. 모래사장이 펼쳐진 냇강 합수머리의 해변을 가로질러 와우산과 죽도산을 잇는 현수교가 생기고 죽도산엔 전망대가 세워졌다. 푸른 대숲 속으로 뱀의 꼬리처럼 가느다랗게 숨어 있던 산길엔 나무 데크가 놓여 예전처럼 비밀스러움은 없어졌지만 전망대에 올라서면 축산항의 전경과 드넓은 동해바다를 한눈에 조망할 수 있다.

초등학교 때 매년 문화행사로 단체관람을 갔던 죽도산 근처의 축산극장은 오래전에 문을 닫은 뒤 불에 타서 흔적만 남아 있다. 골목마다 옛집을 허물고 새로 들어선 이층집들은 한 번도 얼굴을 본 적 없는 사람들이 살고 있겠지.

빨랫줄에 늘 검은 고무옷이 걸려 있던 우리 집은 빈집이 되어 담장에 금이 가고 처마가 내려앉은 채 허물처럼 남아 있다. 몇 달 전 여동생이 여행 삼아 그곳에 갔다가 휴대폰으로 보내준 한 장의 사진에서 오랫동안 눈을 떼지 못했다. 이제는 돌아갈 수 없구나. 나직이 읊조리는데 가슴에서 뜨거운 것이 뭉쳤다.

아버지는 내가 고등학교를 졸업할 무렵 뱃일에서 손을 놓았다. 생각해 보면 어린 시절, 노가리며 쥐치며 발에 밟힐 정도였던 어획량이 급감하면서 점차 고갈의 기미를 보일 때가 아니었나 싶다.

그 후로 아버지는 쭉 셔터 맨처럼 살았다. 경제적으로 무능한 남편, 아내의 노동력에 빌붙어 사는 캐릭터로 한때 문학작품에도 심심찮게 등장했던 셔터 맨 말이다. 바다에 들어갈 조건만 된다면 비가 오나 눈이 오나 물질을 나가는 어머니를 바라보며 집 안에서 빈둥거리는 남편으로 전락한 것이다. 겨우 어머니가 사용하는 연장을 손본다거나 마중 나가 테왁망사리 끌어 올리는 일이나 도우면서. 학교 운동장이 빤히 보이는 곳에 마련한 조그만 감자밭과 봉화산 아래 큰골 밭농사나 거들면서.

우리 집 밭농사에 조는 빠지지 않았다. 큰골 산 밑의 밭은 위쪽으로 갈수록 좁아지며 비스듬하게 누운 지형이었다. 돌이 많았다. 200평 남짓한 그 밭엔 철마다 고구마며 보리, 깨, 콩, 차조를 심었다. 오뉴월 땡볕에 앉아 조밭을 맬 때가 가장 싫었다. 고랑마다 흩뿌려 놓은 조는 배게 자라서 어른 손바닥 한 뼘 정도 자라나면 솎아 주어야 했다. 물질을 못 나갈 날씨가 되면 어머니는 일요일 아침 일찍 식구들을 몰고 큰골 밭으로 갔다.

어머니가 고랑 두 개를 차지하고 앉은걸음으로 나아갈 동안 겨우 한 고랑 타고 가는 나는 한참 뒤처진 채 따라갔다. 어느새 아침 해가 높이 떠오르면 이마에 땀이 송송 맺혔다. 한낮까지 작업이 이어질 때도 있었다. 무슨 일이든 눈에 띄는 대로 해결하지 않으면 안 될 만큼 성미가 급했던 어머니는 그날 일을 미루는 법이 없었다.

밭둑으로 던져진 조며 풀이 시들시들 말라 가는 냄새, 덤불 속에서 발갛게 익어 가는 뱀밥이라 불렀던 산딸기, 가만히 숨죽이고 있던 산꿩이 갑자기 날개를 푸드덕거리며 날아오르는 소리, 느리게 흘러가는 구름들······. 그 속에서 조가 속속 자라 어느새 셀 수도 없게 많은 알맹이를

품은 조 이삭이 무거운 고개를 축 늘어뜨린 가을이 다가
왔다.

쌀농사를 안 짓던 우리 집에서는 쌀만 빼고 나머지 곡
식들은 다 자급자족했다. 작은방 뒤에 조그맣게 도화지
만 한 들창 하나를 덧달아 놓은 골방에는 저장용 곡식들
을 보관했다. 겨우내 먹을 고구마 퉁가리를 세우고, 보따
리 보따리 싸맨 알곡식들을 쟁여 놓은 골방은 햇빛도 잘
들지 않고 전깃불도 달지 않아 늘 어두컴컴했다. 아버지
가 술에 취해 들어올 때면 식구들 몰래 골방 한 귀퉁이에
헌 이불을 깔아 놓고 깜빡 잠이 들곤 했다. 잠결에도 흙내
가 맡아지던 골방은 세상 어느 곳보다 깊고 어두웠다.

아버지는 칠 남매의 둘째였다. 큰아버지가 일찍 돌아
가시고 장남 노릇을 해 왔던 아버지는 식솔들을 끌고 고
향을 떠나 육지로 나올 때 무슨 꿈을 꾸었을까. 아버지에
게도 꿈이라는 게 있었을까. 아버지에겐 그런 게 있을 리
없다고 생각했다. 삶이란 주어진 대로 살아가는 것이 아
니라 스스로 개척해 나가야 하는 것이라고 굳게 믿었던
때에는 말이다.

아버지가 쥐가 꼬리에 꼬리를 물고 먼 섬에서 뭍으로

나왔다고 우스갯소리를 할 만큼 제주도는 내게도 아득히 먼 곳이었다. 전화가 없어 편지나 전보밖에 소통의 방편이 없던 시절엔 큰일이 생기지 않는 이상 무소식이 희소식이었다.

어린 날의 어느 밤인가, 술에 취한 아버지와 말다툼을 하던 어머니가 집을 나갔다. 뒷집 할매네나 기와집 박 장군네로 몸을 피한 것이리라. 그런 일은 왕왕 있는 일이어서 날 밝으면 새벽에 몰래 들어온 어머니가 물옷 보따리를 챙겨 작업을 나가곤 했다. 놀랄 일도 아니었다. 차라리 한 사람이 자리를 피해야 빨리 싸움이 끝났다. 내가 깜빡 졸았다 깼을 때 아버지는 또 술을 옆에 놓고 냄비 밥을 먹고 있었다. 골방 어딘가에 숨겨 둔 술병을 찾아냈을 것이다.

잠이 깬 건 빗소리 때문이었다. 눈두덩을 비비며 아버지 옆으로 기어가서 냄비 속을 들여다보았다. 노란 양은 냄비에는 쌀알 하나 섞이지 않은 조밥이 들어 있었다. 바닥에 눌어붙은 조밥에서는 탄내가 났다. 아버지가 숟가락 가득 뜬 조밥을 내밀었다. 저녁도 못 먹고 잠들었던 나는 회가 동하듯 배가 고팠다. 아버지가 내민 숟가락을 덥석 받아먹었다.

세상에 아버지가 손수 밥을 짓다니. 그걸 내 입에 넣어 주다니.

조를 섞은 잡곡밥은 늘 먹어 왔지만 강조밥이 그렇게 달콤한 줄은 몰랐다. 어디선가 불편한 밤을 보내고 있을 어머니 생각에 아버지가 미웠지만 한 숟갈의 조밥을 씹는 동안 아버지가 밉다는 말은 꿀꺽 목울대로 넘어가버리고 말았다.

지금도 가끔 아버지가 손수 지은 강조밥이 생각난다. 차조를 듬뿍 넣고 밥을 지어도 그때 먹었던 그 밥맛은 아니다. 어쩌면 내 기억의 오류일지도 모른다. 꺼끌꺼끌한 강조밥이 다디달았다니.

팥죽과 밀감

1

어릴 때 내 별명 중의 하나가 식충이였다. 먹을 것 앞에서는 참을성이 없을 정도로 식탐이 강했다. 오죽했으면 어머니는 내가 찾지 못하는 곳에다 먹을 것을 숨겼을까. 또 나는 그것을 귀신같이 찾아내는 재주가 있어 늘 매를 벌었다.

젖을 실컷 못 빨아서 그렇다고 어머니는 말했다. 나를 낳은 후 젖이 말라서 제대로 먹이지 못했다고 한다. 그래서 식충이라고 핀잔 섞인 별명을 가지기 전에는 우유병 짜리였다. 우유병을 물고 컸다고 해서 우유병짜리다. 첫돌이 된 아이를 돌짜리라고 부르듯이. 웬만하면 젖으로 키우던 시절, 우유를 먹여 키우는 것이 좀 번거롭고 돈 드는 일이었을까.

우유조차 변변히 먹지 못해 늘 먹을 것에 예민하게 신경을 곤두세우고 울어 대던 아이가 커서 식충이가 되었다니 웃지 못할 일이지만, 어머니의 핀잔이나 식구들의 눈치 따윈 보지 않고 나는 열심히 찾아 먹었다. 그 덕분에 뱃구레가 늘어나 배만 남산만 하게 볼록 솟아 있었다. 허리끈이 예쁜 치마는 입어도 모양새가 나지 않아 펑퍼짐한 나일론 원피스만 입었다. 옷이야 어쨌든 먹는 일에 사력을 다한 덕분에 잔병치레가 잦았던 어린 시절을 무사히 넘겼는지도 모른다.

식탐에 관한 한 내가 가장 또렷하게 기억하는 건 팥죽이다. 지금이야 죽 전문점에서도 쉽게 먹을 수 있고, 내가 살고 있는 동네의 재래시장 노점에 앉아서도 먹을 수 있지만 옛날엔 사정이 달랐다. 귀했다기보다 때가 아니면 쉽게 먹을 수 없는 음식이었다.

예전엔 동지도 추석이나 설, 보름만큼이나 큰 명절에
속했다. 이때만큼은 남들 먹는 것처럼 음식을 준비했다.
우선 농사지은 팥은 동짓날 쓸 요량으로 따로 보관해 둔
다. 익은 팥꼬투리를 타작할 때 팥알이 톡톡 튀는 소리는
듣기 좋았다.

어머니가 벌레 먹은 팥을 골라내고 조리로 팥을 일어
물에 담그면 벌써부터 팥죽 먹을 생각에 들떴다. 하룻밤
물에 담가 둔 채 잊어버리고 있어야 한다고 어머니는 말
하곤 했다. 충분히 불린 팥을 푹 삶아 체에 비벼 앙금을
낸 뒤 끓이면서 익반죽한 찹쌀가루로 빚은 새알을 넣을
때면 아궁이 앞에 딱 들러붙어 떠나지 않았다.

동짓날이나 오곡밥을 짓는 보름에는 우리 마을에선
군인들이 동네를 돌면서 추렴을 해 갔다. 커다란 양은 들
통을 들고 2인 1조로 짝을 지어 집집마다 돌았다. 꼭 나
눠 줘야 한다는 법은 없지만 어머니는 군인들을 박대하
지 않았다. 팥죽을 쑤면 작은 솥단지나 들통에 미리 덜어
두는 것도 그래서였다. 얼룩덜룩한 군복을 입은 군인들
이 부엌문 앞에 서서 거수경례를 붙인 뒤 기다릴라 치면
어머니는 재빨리 팥죽을 들고 나가서 그들의 들통에 나
눠 주었다. 그들을 바라보는 어머니의 눈엔 애잔함이 어

렸다. 집안의 장남이자 하나뿐인 아들인 오빠를 생각하는 것이리라. 오빠가 군에 가 있을 때는 군인들을 대하는 어머니의 시선이 더더욱 따뜻했다. 내 눈엔 다 내 아들로 보인다고 말했으니까.

어느 해의 동짓날엔가 군인들에게 나눠 주고 남은 팥죽을 작은 솥단지에 덜어서 숨겨 놓은 걸 찾아냈다. 마당에서 숨바꼭질을 하고 놀다가 부엌으로 숨어들어서였다. 땔감을 묶어 세워 둔 나뭇단을 헤치고 들어가 몸을 숨겼다. 그 속에 작은 솥이 있었다. 뚜껑을 열자 꾸들꾸들하게 표면이 말라붙은 팥죽이 가득 들어 있었다.

처음엔 새알만 한두 개 빼 먹고 말 생각이었다. 술래가 잡으러 다닐 때마다 나는 부엌의 나뭇단 속으로 숨어들었고, 새알을 그새 다 빼 먹은 뒤에는 밥주걱으로 퍼먹기 시작했다. 악착같이 술래에게 살아남을 때마다 팥죽을 먹다 보니 어느새 한 귀퉁이만 남았다.

바다에서 돌아온 어머니 곁을 뱅뱅 돌면서도 나는 오금이 저렸다. 고무옷을 빨아서 빨랫줄에 널고 저녁을 짓기 위해 어머니가 부엌으로 들어가는 걸 마당가에 서서 지켜보았다. 여차하면 줄행랑을 놓을 생각이었다.

아니나 다를까. 부엌에서 어머니가 솥단지를 들고 나

오면서 내 이름을 소리쳐 불렀다.

이게 무신 일이라게. 누게가 헌 짓이여.

어머니가 솥단지를 수돗가에 내던지듯 내려놓자 탱, 소리와 함께 솥단지가 바들바들 떨다가 멈췄다.

내가 엄마, 한 입만 먹으려고 하다가…….

내 말이 채 끝나기도 전에 어머니가 밥주걱을 든 채 달려오기 시작했다. 나는 슬금슬금 뒷걸음질 치다가 몸을 돌려 냅다 골목으로 내달렸다. 어머니의 화가 머리끝까지 올랐을 때 잡혔다간 뼈도 못 추릴 게 뻔했다.

2

해마다 겨울이면 제주도에서 작은아버지가 밀감을 보내왔다. 커다란 궤짝을 얼기설기 엮은 노끈을 풀고 궤짝 뚜껑을 뜯어내면 푸릇푸릇한 밀감나무 이파리가 뒤덮여 있고, 그 아래 노랗게 익은 밀감이 한가득 들어 있었다.

동생과 나는 밀감을 한꺼번에 너무 많이 먹어서 오줌이 샛노랬다. 둘이 나란히 텃밭가에 앉아 오줌을 누면서 누구의 오줌이 더 노란가를 비교해 보기도 했다.

제주도에는 집집마다 감나무처럼 밀감나무들이 있대. 밀감나무에 노란 밀감이 주렁주렁 열려 있대.

밀감을 들고 골목으로 나가 아이들에게 뻐기면서 말했다. 밀감나무를 본 적도 없으면서. 아이들은 내 손에 들린 밀감 알맹이 한 쪽을 얻어먹으려고 졸졸대며 따라다녔다. 나에게 해코지를 했던 아이에겐 절대로 나눠 주지 않았다. 손에 들린 밀감이 다 떨어지면 손가락에 묻은 단물을 빨면서 집으로 돌아와 집 안 어딘가에 숨겨져 있을 밀감을 찾아 눈을 번득였다.

그 당시만 하더라도 밀감은 오일장 장바닥에서도 볼 수 없는 귀물이었다. 밀감이 오면 어머니는 우선 같은 골목에 사는 집집마다 돌렸다. 식구 수대로 개수를 맞추어 돌릴 수가 없어서 식구가 많은 집은 서너 개씩, 혼자 사는 뒷집 할매네는 달랑 하나만 들고 가기 뭣해 두 개를 주는 식이었다.

그때 제주도에서 오던 밀감은 크기가 아주 큰 데다가 유자처럼 시고 알맹이마다 굵은 씨가 두세 개씩 박혀 있었다. 궤짝을 뜯은 후 실컷 먹고 난 밀감은 동네 사람들에게 나눠 주고서 며칠이 못 가 사라졌다.

어느 날인가 벽장 속을 뒤지다가 수상한 보자기를 발견했다. 올록볼록한 것이 만져졌다. 보자기를 풀어 보니 곯아서 껍질이 쭈글쭈글해진 밀감이 들어 있었다. 표 나지 않게 딱 하나만 꺼내 주머니에 넣고 집을 나와 골목 길 모퉁이에서 아껴 가며 까먹었다. 입안에 고인 다디단 과즙이 목울대를 타고 넘어갈 때마다 가슴이 두근거렸다.

이건 니 오라방 몫이여.

벽장 속의 밀감은 어머니가 밀감 궤짝을 열 때 맨 먼저 챙겨 두었던 것이었다.

큰언니가 죽은 이듬해던가 오빠도 갑자기 세상을 떠났다. 그의 나이 스물아홉이었다. 큰언니와는 달리 작별할 시간조차 없었던 돌연한 죽음이어서 엄청난 충격이었다. 그로 인해 부모님의 인생은 송두리째 날아가버렸고, 오랫동안 헛것 같은 삶을 살아야 했다.

그러고 보니 오빠는 늘 손님 같은 존재였다. 내가 초등학교에 입학하기 전부터 도시로 나가 살았으니까. 오빠가 모르는 새에 나와 여동생은 한 뼘씩 자라 있었다. 꼬맹이들 많이 컸네. 오빠가 큰 손으로 머리를 만져 줄 때마다 부끄러워 볼이 발그레해지곤 했다.

오빠가 집에 올 때면 밥상이 달라졌다. 일하느라 대충 밥만 해 놓고 바다에 나가던 어머니도 솜씨를 부려 못 보던 반찬을 만들어 올렸다. 부엌을 들락거리는 어머니의 몸놀림이 유연해지고 말투마저도 나긋해졌다. 오빠가 집에 오면 아버지도 술을 조심했다.

두꺼운 뿔테 안경을 쓴 오빠는 내가 내용을 이해할 수 없는 책들을 읽었다. 자잘한 글씨들이 깨알같이 박힌 세로쓰기의 책들이었다. 오빠가 쓰던 부엌 곁채 앞에서는 발소리, 말소리도 죽이고 조용조용 움직였다.

오빠의 장례를 치르고 며칠 드러누웠던 어머니는 물옷 보따리를 쌌다. 나는 어머니의 물옷 보따리를 빼앗으며 바다에 가지 말라고 했다. 어머니마저 돌아오지 못할까 봐 두려웠다.

바당에라도 들어가야 숨이 쉬어질켜.

초점 없는 눈으로 멍하니 무언가를 바라보던 어머니의 그 눈빛, 그 목소리를 나는 아직도 잊지 못한다.

오빠의 장례식을 치른 후 집으로 돌아오지 않은 아버지는 고향으로 들어가 한 달 남짓이나 후에 돌아왔다. 나중에 막내고모에게 들은 얘기로는 이 집 저 집 형제들의 집을 돌아다니면서 내내 술만 마셨다고 한다.

큰언니와 오빠가 세상을 떠난 뒤에는 작은언니가 맏이 노릇을 했다. 나와 여동생은 그 그늘에서 청소년기를 보냈다. 큰언니처럼 일찍 집을 떠나 서울에서 봉제공장을 다닌 작은언니의 슬픔을 우리는 알지 못한다. 작은언니를 토대로 삼아 나와 여동생이 서울살이를 시작했지만 캄캄했던 시간의 터널을 뚫고 나온 그녀의 삶에 대해선 깊은 얘기를 나눠 본 적이 없으니까.

온 가족이 모여 따뜻한 밥상을 마주하고 앉았던 시절은 까마득한 날의 이야기다. 우리를 먹여 살리던 바다가 아직은 풍성하던 그때의 음식들이 새삼스러운 허기와 미각을 자극한다. 몰래 훔쳐 먹은 벽장 속 쪼글쪼글한 밀감 한 알의 기억은 그 모든 것을 압도하고도 남을 깊이 감춰진 추억이다.

엄마가 먹었던 음식을 내가 먹네

2021년 1월 15일 1판 1쇄 펴냄

지은이   홍명진

펴낸이   김성규

책임편집   김은경 미순 조혜주

디자인·그림   김동선

펴낸곳   걷는사람

주소   서울 마포구 월드컵로16길 51 서교자이빌 304호

전화   02 323 2602

팩스   02 323 2603

등록   2016년 11월 18일 제25100-2016-000083호

ISBN 979-11-91262-15-5 (04800)

ISBN 979-11-89128-13-5 세트